La fille du Bouscat

Collection dirigée par
Christian Poslaniec

ISBN : 2-86726-428-6

Philippe Delerm

La fille du Bouscat

Illustrations de
Martine Delerm

Milan

Philippe Delerm est né en 1950. Il vit dans un petit bourg en Normandie, près d'une grande forêt. Professeur de lettres, il connaît bien les enfants et les adolescents. En dehors des cours, il fait avec eux du théâtre et... du football.
Écrivain, il a publié six récits. La phrase qui le résume le mieux : « Comprendre me casse les pieds, et m'empêche de regarder. »

La fille du Bouscat est son premier roman destiné à la jeunesse. Il y en aura d'autres.

Martine Delerm vit avec Philippe et leur fils Vincent dans une vieille maison. Elle a un jardin, des amis, des crayons, des pinceaux, des élèves, des dessins plein ses tiroirs, une cheminée, des moules à gâteaux en forme de cœur, un stylo, du papier. Elle aime l'automne et le silence...
Aux Éditions Ipomée, elle a publié *Narcisse*, sur un texte de Jean Chalon, *Les jardins de Camille*, et *La petite fille incomplète*. Elle est par ailleurs l'illustratrice des chansons d'Yves Duteil.

1

Et puis Marine est arrivée...

Quand Marine est arrivée au collège, je m'en souviens, c'était à peu près un mois avant les vacances de Pâques, un matin. A part les deux ou trois fayots de service, on s'ennuyait tous ferme au cours de français du père Lannou. « Lecture suivie », il appelle ça. C'est-à-dire que chacun à son tour on lit à haute voix le roman qu'on étudie, et juste quand ça devient intéressant, Lannou nous arrête en demandant : « Qui connaît le sens du mot « acolyte » ? » Ou bien : « Qui me dira pourquoi la maman de Renaldo ne répond pas à son fils ? »

Au bout de trois ou quatre arrêts, on n'a plus du tout envie de se passionner pour l'histoire, et puis *Les Loups blessés*, je l'ai déjà lu. Ma sœur Claudie a eu le père Lannou, en cinquième, et il ne change pas souvent de roman. Celui-là, il y tient particulièrement. Il doit trouver que ça fait moderne, parce que ça parle de délinquants et des problèmes de la jeunesse. Pour les rédactions, c'est pareil, je peux les faire à l'avance. Claudie m'avait prévenu :

— Tu verras, le premier sujet, j'te parie que ça s'ra : « Vous avez vu changer un endroit que vous aimiez. Racontez. »

Avant, je n'y croyais pas trop, mais c'est Claudie qui avait raison.

Ce matin-là, je devais penser à la pêche, parce que j'avais un peu raté mon ouverture, la semaine d'avant. Seulement deux gardons et une ablette au canal, et pourtant personne ne m'avait pris mon coin favori. Le soleil filtrait à travers les lames du store, et la poussière dansait. Je n'étais pas le seul à attendre comme ça la sonnerie de midi en pensant vaguement à des choses, et en regrettant d'être là. Il faut dire que chez nous, dans la vallée de la Garonne, le printemps vient très tôt, après les brouillards de l'hiver, et qu'il fait souvent gris à nouveau pendant les vacances de Pâques. Le vrai printemps, les pêchers en fleur, l'envie de courir dans les coteaux, de s'asseoir dans l'herbe fraîche pour regarder le soleil jouer sur la Garonne ou le canal, il faut les vivre au mois de mars, au collège de Marsac, à écouter les profs répéter :

— C'est maintenant que tout se joue ! Il faut redoubler d'efforts.

Bref, ce matin-là, tout le monde a été bien content d'entendre frapper à la porte, vers midi moins vingt. Même quand ce n'est qu'un élève qui vient demander le ticket de cantine ou de la craie, ça change un peu les idées. Mais là, c'était encore mieux. On a vu entrer le directeur, et rien à craindre — ça ne pouvait pas déjà être pour les bulletins. Avec lui, il y avait une fille. On a bien compris que c'était une nouvelle. Le père Lannou avait l'air au courant, il a dit :

— Ah, voici mademoiselle Lépidis !

Et il y a eu les premiers ricanements sous cape, pas tellement pour le « mademoiselle » — avec Lannou, on a l'habitude — mais à cause du nom, qui ne sonnait pas comme les autres noms de la classe, des noms comme : Laspeyres, Chotard, Beyssières, et le mien, que je n'aime pas, parce qu'il y en a trop dans la région — Delmas. Serge Delmas ; mon prénom n'est pas mal, heureusement.

— Marine Lépidis, a repris Lannou, vous avez une place au premier rang, à côté de Sylvie Beyssières. On se demande bien pourquoi il y a toujours des places au premier rang, d'ailleurs.

Sylvie Beyssières a souri d'un air pincé.

— Je ne vous demanderai pas de vous procurer le roman que nous étudions, car nous allons bientôt le terminer. Vous allez me remplir une petite fiche avec les renseignements habituels, vous devez connaître ?

Marine a fait oui de la tête, en regardant ailleurs, déjà, par la seule fenêtre dont le store n'était pas baissé. Elle s'est assise à côté de Beyssières, qui lui a proposé une fiche, mais, sans parler, Marine a montré qu'elle en avait une, dans un petit classeur bleu avec une courroie blanche. Elle a écrit doucement jusqu'à la fin de l'heure, avec un gros stylo à plume qui m'a fait envie, à cause des notes de musique dessinées sur le capuchon blanc.

Tout de suite, j'ai senti que les filles de la classe ne la trouvaient pas sympa. Ni les lécheuses comme Sylvie Beyssières ou Catherine Belmont, ni les obsédées du Top 50 comme Céline Devoles ou Martine Ranouilh. Bien avant qu'elle ne parle, on voyait bien qu'elle n'avait ni le style à sourire béatement à chaque phrase de Lannou, ni le style à dire tout le temps des choses sur les garçons en pouffant. Le style de Marine, je ne l'avais pas encore remarqué chez une autre fille, et c'est

ça qui m'a plu, aussi. J'ai bien aimé son drôle de pull beaucoup trop chaud pour la saison, un pull à grosses côtes très long et large, bleu marine, à col roulé. Tout de suite, il y a eu des garçons pour dire :

— Elle a un pull bleu, Marine !

Et ça les a fait rire un bon moment.

Elle avait ce pull bleu qu'elle a gardé longtemps, et puis un jean et des tennis blanches : ça, ce n'était pas très original, mais c'est le pull qui changeait tout, et puis ses cheveux presque roux. Jusqu'à la fin du cours, Sylvie Beyssières n'a pas cessé de la regarder en dessous, mais Marine ne lui a pas rendu son regard une seule fois. On voyait tout de suite que ça aussi c'était son style : les autres, elle s'en moquait.

A ce moment-là, je ne savais pas encore qu'elle habitait à Labastide, comme moi, qu'elle rentrerait par le même car de ramassage, et qu'elle devrait passer devant chez moi, à pied, avant de prendre le petit chemin qui mène au château du Bouscat.

Je ne savais pas non plus qu'on peut être ami avec une fille, vraiment ami, ni que Marine tiendrait une telle place dans ma vie, une place un peu étrange que personne ne pourra plus occuper.

C'était il y a un an, mais je revois ce cours comme si c'était aujourd'hui. J'avais sans doute envie que quelque chose change. Ce qu'on disait de moi alors, on le dit encore aujourd'hui. Maman répétait à qui voulait l'entendre que j'aimais la solitude, et que je n'étais pas comme mon frère Nicolas, grand espoir de l'équipe de foot de Labastide, sélectionné dans l'équipe des cadets du Sud-Ouest. Nicolas a même joué en lever de rideau de la finale de la Coupe de France, l'an dernier, au Parc des Princes. J'étais fier, bien sûr, mais moi ça ne m'intéresse pas vraiment. Je préfère faire du vélo tout seul ou aller à la pêche.

Pour le vélo et la pêche, j'habite un coin extraordinaire. Si vous êtes capable de monter à bicyclette la côte du château d'eau qui domine Labastide, vous êtes tout de suite dans les coteaux ; là, de Saint-Paul à Piac, de Saint-Jean de Cornac à Saint-Nazaire de Valentane, vous pouvez rouler pendant des dizaines et des dizaines de kilomètres sur des petites routes où il ne passe jamais personne.

Il y a de bonnes côtes, mais avec de l'entraînement, elles se laissent grimper, même avec un « routier » à quatre vitesses un peu lourd, comme le mien.

Pour la pêche, c'est encore mieux. Il y a le canal et la Garonne. Si vous n'avez pas peur du soleil et que vous aimez pêcher les pieds dans l'eau, vous allez à la Garonne et là, avec des larves d'éphémères, vous pouvez attraper des poissons assez gros, des carpes, des barbots. Si vous préférez l'ombre et vous asseoir tranquillement en rêvant un peu, il y a le canal, où l'on prend des ablettes, des gardons, et même des poissons-chats. On peut aussi préparer une ligne de fond sans bouchon, en espérant qu'un brochet pas trop malin fera un jour tinter la petite sonnette, au bout de la canne.

D'un côté les coteaux, de l'autre le canal et la Garonne ; pour moi, Labastide, c'était ça, et je ne faisais pas tellement attention à la construction de la centrale nucléaire de Grenech, ni à la mise en service de l'autoroute. Pour moi, c'étaient des sujets de conversation pour les grands, ça les occupait. Du moment qu'ils me laissaient tranquille…

Moi, c'est avec des vieux que j'aime bien parler. Eux aussi, les projets nucléaires, le barrage, le plan d'eau, ils s'en moquent un peu. Malheureusement, grand-mère est morte il y a deux ans. Elle vivait chez nous, ou plutôt c'est nous qui habitons chez elle, maintenant. Elle me parlait de son enfance et des coutumes dans les fermes d'autrefois, quand elle était petite, à Britounel — les voisins se rassemblaient et s'asseyaient en rond pour égrener les épis de maïs en se racontant des histoires, et après, on dansait. Moi, j'aimais bien l'écouter, et elle était contente. Je vais toujours la voir, mais elle ne raconte plus d'histoires. Au cimetière de Saint-Jean, tout près d'un petit mur de pierres sèches, sa tombe domine la vallée. Je m'y assois près d'elle ; personne ne sait que j'y vais aussi souvent, et que je lui apporte de la menthe sauvage, qu'elle aimait bien respirer, et, en septembre, du chasselas doré qu'elle aimait par-dessus tout, et que je chipe dans les vignes.

Grand-mère morte, il me reste les Sorno. Ils ne font pas partie de ma famille, mais pour moi, c'est pareil. Ils sont arrivés d'Italie il y a plus de quarante ans, pour s'établir fermiers à Labastide. Pour que vous compreniez où est située la ferme des Sorno, il faut vous dire que ma maison se trouve juste au bord de la nationale, à la sortie de Labastide, en allant vers Marsac, avant un grand virage. C'est à flanc de coteau : du côté de la route, la maison n'a qu'un étage ; elle en a deux vers le jardin. Plus loin, il y a la voie ferrée, le canal, la Garonne. Juste après notre jardin, s'étend une pâture en pente, où l'on peut voir brouter les chevaux, les mulets des Sorno. Pour aller dans leur ferme, il y a juste cette pâture à traverser. Tout petit déjà, on me laissait y aller, car il n'y avait pas de danger, et les chevaux me connaissaient. Alberto et Adeline, c'est ainsi que j'ai toujours appelé M. et Mme Sorno. Ils vivent assez pauvrement de la culture du maïs, du tournesol. Ils ont aussi quelques vaches, et vendent des poulets, quelques lapins. Mais la grande affaire d'Alberto Sorno, ce sont les chevaux. Dans toutes les foires de la région, il achète des chevaux fragiles ou mal nourris. Après trois mois chez les Sorno, ils ont déjà une autre allure, alors Alberto les revend, quand il a trop besoin d'argent — et souvent il les garde. Il est un peu trop vieux pour monter, maintenant ; le soir, il attelle au sulky un cheval de son choix, et il passe, très fier, dans les rues de Labastide. Alberto a beaucoup d'allure, avec ses cheveux blancs, son carré de soie blanche autour du cou. Les enfants l'adorent, et viennent nombreux tourner autour de la ferme, dans l'espoir d'une promenade à dos de mulet ou de poney. Aux murs de l'écurie sont accrochés des harnais d'autrefois, avec du cuir qui sent bon, des cuivres étincelants, et un fouet magnifique, long et noir, orné de gros pompons tricolores, blancs, rouges, verts, aux couleurs de l'Italie.

Adeline Sorno, elle, ne s'occupe pas des chevaux. Mais dans sa cuisine sombre, il fait bon, près des flammes, dans la cheminée assez grande pour s'y asseoir, à côté du feu où la soupe cuit. De temps en temps, on entend « madame Sorno ! », et Adeline traverse le couloir ; je l'accompagne dans la pièce plus sombre encore et plus fraîche où elle vend le lait. Ça sent très doux l'étable tiède ; Adeline échange quelques mots avec ses clients, toujours les mêmes, en versant le lait mousseux. Adeline et Alberto ont deux filles déjà grandes, et qui n'habitent plus à Labastide ; je me sens un peu l'enfant de la maison. Parfois même j'apporte mes devoirs à faire et, sur la toile cirée à carreaux rouges et blancs,

mes exercices de maths n'avancent pas trop, mais je suis bien.

Les soirées chez les Sorno, la pêche et le vélo, mes visites à grand-mère au cimetière de Saint-Jean, et puis le train-train du collège, le car de ramassage et les heures d'étude, c'était ma vie. Je n'en imaginais pas d'autre. Et puis Marine est arrivée…

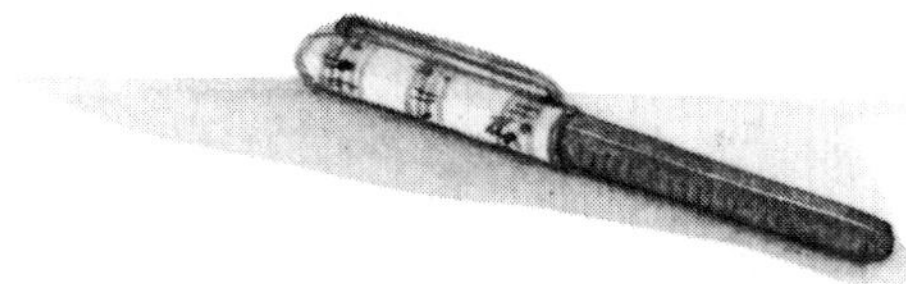

2

Un débat animé

J'ai mis longtemps, avant de parler à Marine. Les premiers jours, c'était un peu gênant, car elle longeait le même bout de nationale que moi, pour se rendre à « la bascule », à côté de la boucherie, là où le car de ramassage nous prend le matin à sept heures, et nous dépose le soir à six heures et demie. Elle était quand même de la même classe que moi, et du même village, maintenant, mais elle m'impressionnait, je crois : j'avais peur d'une première phrase un peu trop banale, et qu'elle se moque de moi. Le matin, je partais un peu plus tôt que d'habitude, et je ne me retournais pas.

Au collège, Marine ne parlait guère. Elle n'avait pas l'accent du Midi. De temps en temps, elle posait des questions qui semblaient embarrasser Lannou, ou la prof d'anglais, Mme Rambert. En anglais, en français, elle était bien plus forte que les fayotes de service, et Sylvie Beyssières en prenait un coup. Mais les maths, elle s'en moquait, et j'admirais sa désinvolture parce que moi, les maths, ce n'est pas mon fort non plus, mais si je descends en dessous de 7, papa me supprime mon argent de poche pour la semaine.

Je savais juste de Marine qu'elle habitait le château du Bouscat. Ça aussi, ça m'impressionnait, et ça faisait parler, à Labastide. Depuis longtemps, le château du Bouscat n'était plus habité. On disait « le château », mais c'était plutôt une grande maison blanche, tout en haut du coteau, au-dessus du cimetière de Saint-Jean. Caché dans un creux de la colline, le château du Bouscat, c'était pour moi un peu le bout du monde. Par là, la route ne menait qu'à quelques métairies. La ferme des Arnutini passée, les mauvaises herbes la gagnaient, et l'on apercevait à peine le château, dans une forêt de broussailles. Parfois, avec Nicolas et Claudie, nous allions jusque-là, pour nous cacher dans les recoins des pièces abandonnées, pour y courir sur le perron couvert de lierre. La maison n'avait qu'un seul étage, et huit portes-fenêtres s'ouvraient sur la vallée. Une immense terrasse longeait le bâtiment — je rêvais toujours comme d'un exploit impossible d'y venir le soir m'y allonger en regardant les étoiles.

On disait qu'autrefois une famille d'Italiens très riches, grands propriétaires terriens, était venue régner là, sur ses champs de la vallée. Plusieurs inondations de la Garonne les avaient ruinés. Ils avaient revendu en hâte au vieux notaire Herniot, qui possédait ainsi plusieurs domaines extraordinaires, mais vivait près de sa mère dans un petit appartement de Montauban. Et puis Herniot était tombé malade. En l'absence du maître, son fermier Arnutini veillait sur le château. Nous redoutions ses chiens, qu'il ne rappelait guère ; il y avait du danger à venir ainsi rôder dans le Bouscat abandonné. Bien plus que les cheminées de marbre, les lambris, les pièces claires ouvertes sur l'extérieur, la peur des chiens d'Arnutini donnait un goût de mystère à cette expédition.

Au début de l'hiver, papa nous avait avertis qu'il ne faudrait plus traîner vers le Bouscat. Un peintre célèbre de Paris l'avait racheté et comptait venir y habiter. Cela nous avait surpris que papa connaisse ainsi nos jeux les plus secrets, mais depuis quelque temps déjà, Nicolas s'intéressait davantage au foot, et à quinze ans, Claudie, « une vraie jeune fille », comme tout le monde le disait, ne pensait plus guère à s'égratigner les genoux dans les ronces du parc. Moi, cette nouvelle m'avait touché. Parce que je n'avais que douze ans, sans doute, je n'imaginais pas que le Bouscat pourrait cesser d'être mon bout du monde. Par avance, j'en voulais à ceux qui viendraient l'habiter, comme une maison ordinaire. Papa avait sur la question son avis de conseiller municipal, ce qui m'énervait :

— C'est très bien que ce domaine revive ! C'est une des richesses de Labastide qui allait s'éteindre.

— Reste à savoir ce qu'il vaut, ce monsieur Lépidis, lui répondait maman. On dit qu'il vit avec sa fille et une Française, mais qu'ils ne sont pas mariés. C'est encore un de ces milieux artistes ! Ce n'est pas beaucoup le genre de Labastide.

A Labastide, on cancanait beaucoup à leur sujet, en effet. Chaque fois que j'entendais parler des nouveaux habitants du Bouscat, bien avant qu'ils soient là, c'était pour des commentaires méfiants où perçait la jalousie pour ceux qui avaient « de ça », comme disait le boucher Laspeyres en se frottant l'index contre le pouce.

J'ai bien attendu deux semaines, avant de

parler à Marine. Et puis il y a eu ce débat que Lannou avait organisé, à propos d'une explication de texte. Le texte s'appelait « Le village qui descend ». Ça racontait comment les anciens villages des collines descendaient vers les routes goudronnées pour y chercher d'autres raisons de vivre, en changeant de couleurs et d'ambiance. Lannou avait voulu nous faire parler des villages, et pour une fois, ça intéressait tout le monde, car dans la 5e C, presque tous les élèves venaient comme moi de la campagne.

— Chez nous, à Dernes, il n'y a pas de nationale, mais tous les gens s'en vont, et on va fermer l'école l'an prochain, lançait Pierre Delbouys, délaissant pour un temps sa spécialité — la confection des boulettes de papier mâché qui constellaient le plafond de la salle 208.

— Oui, eh bien chez nous, à Labastide, heureusement qu'il y a la nationale, parce que sans ça, il y a longtemps que mes parents auraient dû fermer boutique. S'il n'y avait que les habitants du village ! Et puis moi, j'aime bien voir les gens de passage. Ça change et ça fait du bien.

Évidemment, c'était Martine Ranouilh qui réagissait ainsi, en digne fille de la papeterie-journaux-tabac Ranouilh, à côté de la poste. D'habitude, elle non plus ne parlait pas en classe, s'occupant plutôt de sa coiffure ou critiquant, pour sa voisine, les tenues des copines. Mais je savais qu'elle énervait Marine : à l'arrêt du car, le soir, pendant que Martine Ranouilh, devant un auditoire muet et jaloux, racontait ses petites histoires de garçons ou annonçait que son père allait changer de CX, Marine levait les yeux au ciel d'un air exaspéré. Mais là, sans doute, elle en a eu vraiment assez, ou bien c'était plus facile de lui dire ce qu'elle pensait comme ça, en classe, sur un sujet choisi par le prof... En tout cas, Marine est devenue pâle, et sans attendre que Lannou lui donne la parole, elle s'est lancée :

— Oui, et tout le monde est bien content de voir le village complètement défiguré, du moment que ça rapporte quelques sous !

Ranouilh, interdite, regardait Marine s'adresser à elle pour la première fois.

— Il faut voir comment ça change, ton Labastide ! reprit Marine. Le coteau plein de serres de plastique pour récolter les fraises plus tôt, l'usine de ciment qui grandit sans arrêt à force de fabriquer des blocs pour l'autoroute, et le barrage sur le canal, et le canal de dérivation, devinez pour qui ? Pour la centrale de Grenech ! Tu trouves ça beau, sans doute ? Tu habiterais n'importe où, ça te serait égal, du moment que tu pourrais écouter ton hit-parade ! La vérité, c'est que Labastide, tu t'en fiches !

Quelques rires timides répondirent à l'indignation de Marine, car certains — et surtout certaines — n'étaient pas mécontents de voir cette pimbêche de Martine Ranouilh un peu secouée. Celle-ci, sans doute à court d'arguments, se taisait dédaigneusement, et c'est Lannou qui intervint, après avoir donné quelques coups de règle sur son bureau, visiblement impressionné par la violence inattendue de sa meilleure élève.

— Le problème du nucléaire est un problème délicat. Je ne suis pas moi-même sans avoir quelques craintes à l'égard de cette centrale, et les opinions de votre père, mademoiselle Lépidis, sont déjà bien connues dans la région, mais enfin…

— Ce ne sont pas les idées de mon père ! éclata Marine. Moi aussi, j'habite à Labastide, maintenant, et c'est mon village, et j'ai le droit de l'aimer, et de dire ce que j'en pense !

— Cela suffit, mademoiselle Lépidis ! La centrale nucléaire nous fait complètement sortir du sujet proposé, et je ne vous autorise pas à me couper la parole !

Lannou était terriblement vexé. Après avoir visé Marine, sa colère s'étendait maintenant à l'ensemble de la classe.

— C'est toujours pareil ! Ou bien vous ne dites rien, et vous rêvassez pendant des heures entières, ou bien, quand par miracle quelque chose vous intéresse, vous parlez tous en même temps ! Ah ! ça ne me donne pas envie de recommencer un débat de sitôt, croyez-moi !

Un silence morne était retombé sur la classe.

— Allez, jusqu'à la récréation, initiation au latin ! lança Lannou. Je ne veux pas entendre un mot. Prenez le vocabulaire et commencez à traduire la version page 54, vous la terminerez chez vous pour jeudi.

Comme à chaque fois qu'on fait du latin, pendant que ceux-qui-veulent-être-dans-une-bonne-quatrième-l'an-prochain, comme dit Lannou, se ruaient sur la version, Alain Vivès jeta à mi-voix :

— Moi, le latin, j'm'en fous ! J'en ferai jamais. Ça sert à rien !

Et la moitié de la classe l'approuva en silence.

A la récré, j'avais peur que Martine Ranouilh veuille régler ses comptes avec Marine, mais cette mijaurée avait mieux à faire. Ses parents lui avaient offert la veille l'objet de ses rêves, le walkman dont elle nous rebattait les oreilles depuis trois mois. Prévenus de l'événement, une dizaine de filles et de garçons l'entouraient, près du gymnase, et se passaient tour à tour les écouteurs. Mais aucun ne savait aussi bien que Ranouilh balancer les hanches en levant les yeux au ciel d'un air perdu.

Les mains dans les poches, le regard fermé, Marine était restée adossée contre les casiers où on range les cartables, sous la petite galerie qui borde la cour. Je m'en souviens, parce que j'ai hésité avant de lui parler. J'avais un peu peur de ce que les autres pourraient dire, peur aussi du silence de Marine, mais les premiers mots sont venus quand même.

— Dis donc, tu l'as pas loupée, Martine Ranouilh !

Elle m'a regardé, avec un air assez gentil d'abord, et puis tout de suite une lueur moqueuse dans le regard.

— Si tu le pensais aussi, tu aurais pu lui dire plus tôt, non ? Depuis le temps qu'elle vous fait son numéro !

Je me suis senti vexé, et je lui en ai voulu, parce que c'est vrai, les premiers mots qu'on dit à quelqu'un sont toujours un peu bêtes, mais il faut bien quelqu'un pour les prononcer.

— Non, je ne pense pas du tout ce que tu as dit sur Labastide !

Ce n'était pas vrai... Pendant qu'elle parlait du village, j'avais eu l'impression qu'elle exprimait clairement l'idée que j'avais en tête depuis si longtemps.

— C'est pour Ranouilh que je suis d'accord, parce que moi aussi j'en ai ras le bol ! Mais pour Labastide, tu n'y connais rien ! Ça ne fait pas un mois que tu y habites, et tu voudrais nous faire la morale !

Elle me regardait sans rien dire, d'un air de plus en plus amusé, et je sentais la colère monter en moi.

— Toi, tu t'en fiches qu'il y ait plein d'ouvriers du coin qui soient embauchés pour travailler à l'usine de ciment, ou à l'EDF pour la centrale, et des gens aussi pour ramasser les fraises dans les serres !

— Tu parles comme un conseiller municipal, me répondit Marine en riant franchement.

J'ai haussé les épaules et je lui ai tourné le dos en partant ; je devais être très rouge. Sans le savoir, elle avait vraiment tapé juste, car mes beaux arguments venaient bien de papa. Il les répétait à longueur d'année en marmonnant contre les intellectuels irresponsables qui menaçaient l'avenir des villages.

Elle était bien comme je le craignais, cette fille qui m'attirait malgré moi, cette fille de riche, cette fille sans accent qui avait l'audace de venir habiter dans mon Bouscat : hautaine, moqueuse ; elle pouvait bien rester seule !

*
**

Le soir, à la descente du car, j'ai bien attendu qu'elle s'éloigne, silhouette minuscule au bout de la nationale. Quand je suis arrivé à la maison, maman m'a dit :

— Tu n'as pas l'air aimable !

J'ai dû bougonner quelque chose, et puis, jusqu'à l'heure du repas, je me suis plongé dans un problème de maths. Quand papa est rentré de l'usine, il m'a lancé :

— Tu fais des maths ? Tu es malade, Serge ?

Claudie et maman ont ri, trop fort, et je suis monté dans ma chambre, mécontent de moi et du monde entier, un peu plus seul encore que d'habitude.

3

Les surprises de la Garonne

J'aime bien me lever le premier dans la maison. Avec une prudence de guetteur indien, quitter la chambre où Nicolas dort encore, descendre l'escalier sans le faire grincer, pieds nus, mes baskets à la main. Je me fais réchauffer un reste un peu amer de café de la veille. Le carreau de la cuisine est froid sous les pieds, la pendule sonne cinq heures, ou cinq heures et demie, trop fort — j'ai peur qu'elle réveille tout le monde. Dehors, il fait encore nuit. En entrouvrant les volets, on aperçoit juste la lueur pâle du réverbère, à côté de la ferme des Sorno, et parfois une lumière un peu plus jaune dans l'étable. En haut, des camions passent sur la nationale, mais le bruit du moteur est comme étouffé par la nuit.

Dans la maison, il y a du silence pour moi seul, et puis ces gestes que je fais tout doucement, avec plaisir, comme un chat. Bien sûr, c'est un plaisir de vacances, car d'habitude il faut me réveiller plutôt deux fois qu'une, surtout les nuits d'hiver — à quoi bon se lever pour marcher dans le noir et le froid, retrouver les vitres embuées du car de ramassage, avec les grands qui fument, le chauffeur qui râle, et toujours les mêmes blagues : cacher des cartables, chiper des bonnets, pincer les filles.

Cette petite solitude du matin, tout le monde sait que j'y tiens. Quelquefois, j'entends maman se retourner dans son lit, juste au-dessus de la cuisine, mais elle me laisse me débrouiller seul. Depuis l'année dernière, j'ai le droit de me lever en douce et de laisser la maison endormie derrière moi pour partir à la pêche. La pêche est un alibi formidable, elle permet de déguster ainsi le silence de la maison, une petite promenade en vélo sur la route déserte, et puis les rives du canal ou de la Garonne, au choix. Ce sont des heures merveilleuses, volées au temps pendant que les autres dorment ; quand je rentre vers neuf

heures, je peux me dire que la journée commence, et pourtant je sais que le meilleur est déjà passé.

Ce matin-là était le premier des vacances de Pâques. Il allait faire jour très tôt, car on n'avait pas encore pris l'heure d'été. Déjà en me levant, à cinq heures et demie, j'avais aperçu les premiers signes de l'aube — le ciel à peine un peu plus pâle, du côté de Marsac. En attachant les gaules avec de la ficelle sur mon vélo, je me disais qu'il n'y aurait pas foule, un mercredi matin, au bord de la Garonne, à six heures.

Quand j'ai vraiment envie d'être tranquille, je choisis la Garonne. On n'y prend pas davantage de poissons qu'au canal, mais il y a moins de chance de tomber sur quelqu'un, et puis la balade à bicyclette est un peu plus longue. Ce jour-là, je voulais rester seul le plus longtemps possible. J'avais un peu le cafard, à cause de mon bulletin, arrivé la veille, et de ce 7,3 en moyenne de maths qui avait tout gâché. Le père Bannier, dit « Bacchus » à cause de son penchant pour le côtes-de-buzet, ne m'avait pas loupé : « Travail et résultats insuffisants. » Et comme c'est lui le prof principal, il m'avait mis comme avis général du conseil de classe : « Ensemble convenable, mais le niveau en mathémathiques demeure faible. » Inutile de préciser que papa n'avait vu que ça, et que mon 14 en rédaction et mon 15 en anglais étaient passés inaperçus. J'avais même très peur de ne pas passer en quatrième, car Bacchus avait dit en faisant son compte rendu du conseil :

— Ceux qui n'arrivent pas à suivre convenablement le programme ne peuvent pas se faire d'illusions ; les maths seront beaucoup plus dures en quatrième !

Les parents ne peuvent pas s'imaginer à quel point ça peut angoisser, la peur du bulletin, la peur du redoublement. Chaque minute en est empoisonnée, à la fin du trimestre — surtout quand on n'a pas annoncé toutes ses notes, comme moi. Enfin, le plus dur était passé. Papa ne s'était pas trop fâché, mais il me restait la menace du redoublement, comme un gros nuage sombre sur le bleu clair du jour qui se levait.

Pour aller à la Garonne, il faut descendre le vélo à travers champs, devant la ferme des Sorno ; après, il y a la petite route qui longe la voie ferrée, quelques maisons échelonnées, avec comme partout ici un grand pin parasol ou un cyprès, dont le feuillage caresse le toit et semble protéger les murs. La vraie frontière, c'est la voie ferrée : le portillon métallique que l'on retient d'une main, qui bat derrière soi avec un bruit lourd et froid, ouvre la porte du pays de Garonne. On passe le canal sur l'ancien pont tournant, qui ne tourne plus, puis le canal de dérivation du barrage sur un pont tout neuf et gris béton de l'EDF. Alors commence un royaume à l'écart du monde, avec des champs de peupliers, des vergers de pêches et d'abricots. On roule là sur des chemins de pierre blanche, au milieu des vergers, avec la musique brinquebalante du vélo. Entre les pêchers du père Delvoles et les peupliers d'Asperbero, c'est mon chemin, qui mène au « vieux bac ». On dit toujours le « vieux bac », même s'il y a longtemps que passeur et bateau ont disparu.

Au bout du chemin blanc, des cailloux ronds font sauter la bicyclette. Quand il n'y a plus que des cailloux, le chemin est fini, transformé en une plage de galets qui conduit au bord de la Garonne. Il y a un panneau sur fond jaune : ATTENTION DANGER, en grosses lettres, et en plus petites : « Par suite de l'ouverture des vannes du barrage, le niveau de l'eau peut monter rapidement. Baignade interdite. »

Cela fait longtemps que personne ne se baigne plus dans la Garonne. Le barrage, on l'aperçoit, à cinq cents mètres environ, sur la gauche en regardant le fleuve, muraille de gris qui coupe l'horizon. Depuis qu'il est là, l'eau coule tout doucement, comme un lac un peu plus vivant, et ça ne me dérange pas, car on prend presque autant de poissons.

Ce matin-là, pendant que je défaisais mes gaules sur les galets, le soleil orange commençait juste à monter au-dessus du barrage. Il faisait encore très frais. Pour me réchauffer un peu, et aussi parce que c'est la meilleure manière d'attraper des poissons à la Garonne, j'ai commencé à chercher des popoyes. Les popoyes, c'est comme ça qu'on appelle les larves d'éphémères, ici. Pour les trouver, il faut déterrer les galets, et fouiller le sol avec une petite pioche — la mienne n'est qu'un bout de fer crochu attaché avec de la ficelle à une branche de noyer. On voit alors ramper dans la terre ces bestioles peu appétissantes qui ressemblent à des crevettes, en plus petit. Les poissons les adorent, et trouver des popoyes, c'est presque la garantie de ne pas revenir bredouille. Il faut les garder vivantes, et après en avoir trouvé une vingtaine, je les ai mises dans une petite gamelle de fer remplie d'eau.

J'ai amorcé au blé ma ligne de fond, au cas où un « gros » voudrait se laisser prendre, et après avoir coincé la gaule dans une fourche de bois, j'ai accroché une popoye à l'hameçon de la ligne que je garde en main, pour les gardons ou les ablettes. Je me sentais bien, un peu moins frileux depuis ma « chasse à la popoye », et surtout loin des maths et du collège.

Je ne pêchais pas depuis dix minutes quand j'ai vu quelque chose sauter sur l'eau, à cinquante mètres à peine sur ma droite. D'abord, j'ai cru que c'était un poisson, mais quelques secondes après ça a recommencé, et là pas de doute : quelqu'un s'amusait à faire des ricochets, tout près, dissimulé par le feuillage des saules et des sureaux qui bordent la Garonne.

Ça m'a vraiment cassé les pieds qu'on vienne troubler ma pêche à ce moment-là. Je m'attendais à voir sortir des broussailles le fils ou la fille Baylet, qui habitent la ferme près du canal, presque laissée à l'abandon. Quelle ne fut pas ma surprise de voir apparaître une silhouette que je connaissais bien, mais que je ne m'attendais sûrement pas à retrouver à cette heure et à cet endroit. Dans son éternel pull bleu à col roulé, c'était bien Marine Lépidis, les cheveux un peu en bataille, visiblement très contente de mon étonnement.

— Salut ! Je ne me débrouille pas trop mal aux ricochets pour une Parisienne, hein ? Douze, et mon record, c'est quatorze, avant-hier !

Le saisissement passé, je retrouvai ma rancune contre Marine pour lui répondre du tac au tac :

— J'ai déjà fait bien plus que ça. Et puis d'abord, avant-hier, c'était lundi, et on était en classe !

— Et alors ? Je le sais bien, qu'il y avait classe, mais je suis venue avant ! Et ce n'était pas la première fois ! Je viens souvent voir le jour se lever sur la Garonne.

Marine ne mentait pas, je le sentais bien ; elle n'avait pas fini de me surprendre. D'ailleurs, j'avais bien remarqué, certains matins, qu'elle n'arrivait pas par la nationale, pour prendre le car, mais traversait près du carrefour avec la route de l'usine, où elle n'avait rien à faire. Une fois encore, elle m'irritait avec sa façon de s'installer comme chez elle dans les domaines que je croyais miens : le Bouscat, Labastide, les bords de la Garonne. Mais là, on n'était plus en classe, il n'y avait plus dans mon dos les regards moqueurs des garçons et des filles de 5e C. Je pris sur moi de ne pas répondre, et un silence moins agressif s'installa entre nous.

Je continuai à pêcher, et très vite j'eus la chance de décrocher un beau gardon avec une popoye toute fraîche. Accroupie à quelques mètres, Marine ne semblait pas décidée à s'en aller. Elle ne dit rien au sujet du poisson, mais finit par s'approcher de la gamelle où se débattaient les larves d'éphémères.

— Qu'est-ce que c'est, tes bestioles ?

Pour la première fois, Marine me demandait quelque chose, et je n'étais pas fâché de reprendre ainsi un peu d'assurance. Elle me posa ainsi, à petits coups, plein de questions sur la pêche, avec à chaque fois un silence de plus en plus tranquille entre ma réponse et la question suivante. Le soleil était déjà assez haut quand j'osai lui demander :

— Dis donc, comment est-ce que tu fais pour partir de chez toi aussi tôt, les jours de classe ? T'as le droit ?

Marine sembla d'abord vouloir écarter ce sujet, trop intime.

— Ça sent bon ici, qu'est-ce que c'est ?

— De la menthe. Regarde les feuilles que tu as juste à tes pieds, là. Il faut les chiffonner dans ses doigts.

Elle m'obéit, respira longtemps et très fort. Les yeux fermés, je l'observais du coin de l'œil. Sans que je lui demande rien, et sans me regarder, elle se mit à parler lentement.

— C'est drôle, à toi il y a des choses que j'ai envie de dire. C'est idiot, je te connais à peine, mais j'ai confiance.

Plus ému que je ne voulais le montrer, je ne répondis rien, et elle poursuivit :

— Chez moi, tu sais, j'ai toujours été très libre. Ma mère est partie quand j'avais six ans. Mon père est peintre, on te l'a dit sans doute. Il m'a toujours laissé faire ce que je voulais. A Paris, il y avait une dame qui s'occupait de moi parce qu'Alexis allait souvent faire des expositions à l'étranger, et il ne voulait pas que je sois interne dans une école ; il me gâtait beaucoup ; on habitait un appartement de peintre, à Montmartre, avec une grande verrière pour la lumière. On avait une vue magnifique avec, devant, la vigne de Montmartre.

Une vigne ? Je ne voulais pas questionner Marine de peur de passer pour un paysan, mais ce qu'elle disait ne correspondait pas beaucoup aux idées que j'avais sur Paris, avec les usines, la pollution...

Mais, comme si elle se parlait à elle-même, maintenant, Marine continuait :

— Oui, c'était très beau, mais je m'ennuyais. Et puis il y a eu Hélène, qui est venue vivre chez nous. Au début, je ne l'aimais pas trop. Alexis s'en est aperçu, et il a pensé que ça ferait du bien à tout le monde si on allait vivre plus à l'espace, dans une grande maison à la campagne.

— Et c'est comme ça qu'il a acheté le Bouscat ? Mais il y a des gens au village qui disent qu'il est venu faire de la politique.

— De la politique, lui ? Il a horreur de ça ! Non, ce qui est vrai, c'est qu'il n'était pas du tout au courant, pour la centrale nucléaire de Grenech, en tout cas il ne pensait pas que c'était si près de Labastide. Alors il est entré dans une colère noire, en s'apercevant qu'on ne lui avait pas dit un mot du projet, quand il a acheté le Bouscat. Il a pris contact avec les gens du comité d'action antinucléaire, à Grenech, et il leur a proposé de créer un journal dont le premier numéro va sortir bientôt.

— Ah ! C'est pour ça que Lannou était au courant des idées de ton père ? Moi, la centrale, ça ne me dérange pas trop pour l'instant, et puis je n'y connais rien. Du moment que je peux pêcher, me balader à bicyclette dans les coteaux...

— Tu aimes bien te promener à bicyclette ? Moi aussi, j'en ai une, avec des vitesses. Alexis me l'a payée la semaine dernière. Si tu veux, on pourrait faire des balades ensemble, pendant les vacances.

J'étais sur le point de lui répondre qu'elle aurait du mal à suivre mon demi-course, hérité de Nicolas, surtout quand je m'imagine que je suis Bernard Hinault, mais Marine venait d'être très gentille, et même, elle l'avait dit, elle avait confiance en moi. Ce qui m'a décidé à accepter, surtout, c'est l'idée de revenir au Bouscat.

— Je passe te prendre cet après-midi, si tu veux.

— Aujourd'hui, je ne peux pas, je vais chez le dentiste. Mais demain ?

— D'accord, demain ! A deux heures ?

— O.K. Mais tu sais comment arriver chez moi ?

— T'en fais pas, je connais le chemin.

— Alors, à demain ! Faut que j'm'en aille.

Marine partit vers un fourré où sa bicyclette était cachée. Elle n'était pas mal, pour une bicyclette à guidon droit.

— Bonne pêche ! me cria-t-elle en s'éloignant, bleu marine sur son vélo vert pomme.

Ce matin-là, je suis resté encore un bon moment à regarder flotter mon bouchon, mais je n'ai pris aucun autre poisson.

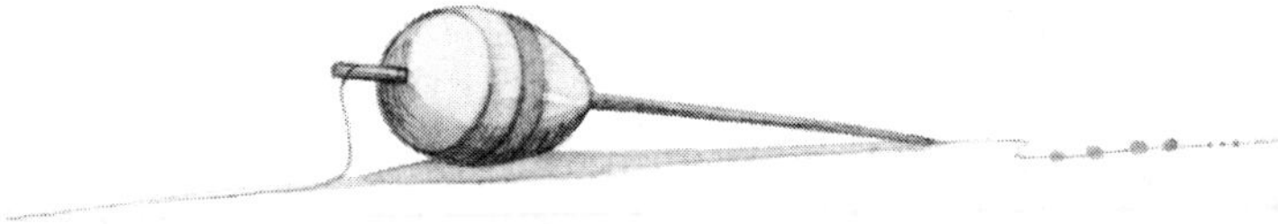

4

Les incendies de Trabinia

La maison était toute tranquille pour ces vacances de Pâques : Nicolas parti en stage de foot à Lacanau, Claudie à Morzine avec le comité d'entreprise de l'usine. Maman m'avait dit :

— L'an prochain, les sports d'hiver, c'est pour toi, Serge !

Mais cela ne me tentait pas tellement. La pêche et le vélo me suffisaient bien, et puis un an, c'était loin. Je refusais d'imaginer tout ce qui pourrait m'arriver après la fin d'année scolaire, et la terrible perspective du redoublement.

Le nouveau, pour moi, c'était cette idée de balade à vélo avec Marine. Il faisait très beau, ce jeudi-là. Le soleil brillait sur la toile cirée pendant le repas de midi, plus silencieux que d'habitude. Au dessert, maman m'a demandé :

— Que vas-tu faire cet après-midi, Serge ? Du vélo, comme toujours ?

Je ne sais trop pourquoi, je ne voulus pas parler de Marine. Peur qu'on se moque de moi, peur aussi que cette familiarité avec les gens du Bouscat ne plaise guère à mes parents. Je commençai à répondre mollement que j'irais sans doute du côté de Saint-Paul, mais papa m'interrompit :

— On peut manger tôt, ce soir ? Il y a réunion du conseil municipal, à vingt heures trente. Et celle-là, je ne veux pas la manquer ! On va débattre des modalités du vote pour ou contre la centrale.

— Ce sont les conseillers municipaux seulement, qui vont voter ? demanda maman. Ils pourraient quand même faire un référendum pour savoir vraiment ce que pensent tous les gens !

— Mais c'est ça, la démocratie ! reprit papa, un peu irrité. Il y a des élus, ils représentent les gens du village. On ne peut pas toujours tout demander à tout le monde !

Le gouvernement a prévu des registres qui seront placés dans les mairies. Les gens pourront venir y écrire ce qu'ils pensent du projet. Alors ! ?

Avant, je ne me serais jamais mêlé à ce genre de conversation, mais là je ne pus m'empêcher d'intervenir.

— Pourquoi on demande leur avis aux gens maintenant ? Le barrage, il va bien servir à la centrale ? Et ça fait un an qu'il est construit !

Papa était de plus en plus embarrassé.

— Bien sûr, mais enfin le barrage ne sert pas qu'à la centrale. Il régularise les crues de la Garonne. Et puis, il a permis la création du plan d'eau de Saint-Vincent. Et ça, ça fait gagner de l'argent au canton ! Avec les voiliers, les planches à voile, le tourisme a fait un bond formidable. Mais c'est toujours pareil ! Tout le monde est contre le progrès, mais tout le monde en profite !

Quand papa est lancé comme ça, il vaut mieux ne pas trop lui répondre. Le mieux, dans ces cas-là, c'est encore d'allumer la télé. Ça tombait bien, c'était l'heure des informations. Ma pomme avalée, je suis allé gonfler les pneus de mon vélo, et en route pour le château de Marine !

La petite route qui mène au cimetière de Saint-Jean puis au Bouscat débouche sur la nationale, deux cents mètres à peine après notre maison. Très étroite et très pentue, elle ne peut guère se monter à bicyclette que jusqu'au cimetière. Sachant que j'étais en avance, j'avais emporté un petit bouquet de primevères toutes fraîches, cueillies dans le pré devant chez nous, pour les mettre sur la tombe de grand-mère, et m'asseoir un moment près d'elle sur la pierre chaude. Puis je repris mon ascension, la bicyclette à la main.

Le gros chien noir d'Arnutini commença bien à grogner quand je passai devant la ferme, mais une voix sèche le rappela. Depuis près de six mois, je n'étais plus passé par là. J'avais un peu peur de voir tout changé, trop bien refait, trop proprement entretenu. Pourtant, les mauvaises herbes poussaient toujours à l'aise au milieu de la route. Mes craintes s'envolèrent tout à fait quand j'aperçus la grille du Bouscat, comme autrefois cernée de buissons en friche ; à

peine avait-on dégagé le passage pour une voiture dans cet enchevêtrement d'épines et de baies noires et bleues.

La grille n'était pas fermée ; abandonnant mon vélo, je pénétrai dans ce royaume étranger qui ressemblait tant à mon ancien domaine. L'herbe était toujours aussi haute dans le parc, encore trempée de rosée. Marine m'attendait sur le perron, avec son éternel pull bleu malgré le soleil d'avril.

— Salut, Serge ! Entre une seconde, j'arrive !

A la fois intimidé et curieux, j'entrai dans cette grande pièce où j'avais tant joué. Bien sûr, on avait mis des vitres aux portes-fenêtres ; bien sûr les boiseries avaient été restaurées ; mais il y avait toujours l'espace, le silence... Presque pas de meubles ; partout des tapis, des poufs, des tabourets de ferme, devant la cheminée une grande table très basse, comme si on vivait là par terre, autour du feu surtout — le reste de la pièce était presque nu.

— Hélène, je te présente Serge Delmas.

Très intimidé par ce ton officiel auquel je

n'étais guère habitué, je découvris en me retournant cette Hélène dont je savais si peu de choses. Longue et mince, avec d'immenses cheveux noirs, la peau bronzée, elle ne ressemblait guère à une maman habituelle, si belle qu'elle faisait un peu peur, avec son regard bleu. Je balbutiai vaguement mon bonjour. Le visage d'Hélène s'éclaira tout d'un coup.

— Bonjour, Serge. Marine m'a parlé de vous. Je suis ravie qu'elle se soit déjà fait un camarade. Nous avions si peur qu'elle reste toujours seule ici ! Je vous la confie. Tu ne rentreras pas trop tard, Marine ?

Là-dessus, elle nous quitta, gratifiant au passage Marine d'une caresse élégante sur la joue, qui sembla plutôt contrarier ma nouvelle « camarade ».

Je n'aurais jamais pensé qu'une fille puisse se débrouiller comme ça à bicyclette. Marine monta sans problème la côte de Saint-Paul, ne mit pied à terre que quelques mètres avant l'église de Saint-Jean-de-Cornac. Je pensais faire avec elle une promenade, mais c'est elle qui menait le train ; dans les descentes, elle avait même une audace impressionnante, et les gravillons dans les virages ne lui faisaient pas peur.

En une heure et demie, nous avions fait plus de trente-cinq kilomètres d'un grand circuit par Saint-Paul, Piac, Lalande, quand les nuages « barbe à papa » effilochés qui se promenaient jusque-là entre les rayons du soleil commencèrent à se rassembler du côté de Valence et à virer au gris.

— On rentre par le château d'eau de Labastide ! A fond, voilà la pluie !

Malgré nos efforts, l'averse nous tomba dessus dans la montée du château d'eau. Rien que des champs de maïs ou de tournesol, pas un endroit pour s'abriter. Il fallut rouler sous la pluie diluvienne jusqu'au Bouscat.

— Tu ne vas pas rentrer chez toi dans cet état ! me lança Marine. Viens te sécher à la maison !

Hélène ne parut pas trop troublée de nous voir débarquer tout ruisselants sur le tapis. Allongée, un livre à la main, devant le feu de cheminée, elle nous lança sans se déranger :

— Il y a des serviettes propres dans la salle de bains, Marine !

— On y va. Viens, Serge, je vais te montrer ma chambre !

Je la suivis dans l'escalier en colimaçon, puis dans sa chambre qui n'avait pas grand-chose à voir avec le bric-à-brac où nous dormons, Nicolas et moi, au milieu des cannes à pêche, des posters de foot et des maquettes de bateau. C'était une grande tache blanche, couleur de la moquette, de son lit, des murs peints à la chaux. Seuls son bureau ancien, plein de petits trous de charançons, et les hautes portes d'un placard mural venaient y mettre la chaleur du bois. Tout à fait à l'aile gauche du Bouscat, la pièce avait trois hautes fenêtres, une par façade. On voyait jusqu'à la Garonne par celle ouvrant sur la vallée. Les deux autres étaient obscurcies par les branches de l'immense cyprès qui venaient presque battre les carreaux.

— Et ton père, il n'est pas là ?

— Si, il travaille dans son atelier, à l'autre bout du couloir. Tu le verras peut-être tout à l'heure.

Il n'y avait pas grand-chose où jeter l'œil pour s'occuper dans la chambre de Marine, et je ne pus m'empêcher de la questionner sur la longue bande de papier à dessin qui s'étalait sur son bureau et continuait à se dérouler jusque sur la moquette.

— Ça, c'est un peu un secret ! Mais tu peux regarder, je vais aller faire du thé, d'accord ?

Je m'assis donc à son bureau. La « bande secrète » était faite de dizaines de petites feuilles collées les unes aux autres, entièrement recouvertes de dessins minuscules au crayon de papier. Il y avait des temples, des collines, des mers et des galères, des lacs et des forêts, avec partout des noms et en dessous, à intervalles réguliers, des dates, un peu comme sur les illustrations de notre bouquin d'initiation au latin : – 400 avant J.-C. ... cinquante centimètres plus loin : – 390... Mer Cynégéenne, Muraille de Terquilien le Grand, Invasion des troupes d'Ypoponax, Massacre de la flotte des Épinéens par Pandurax ; je n'avais jamais vu ces noms étranges. Dans tout ce gris pâle, on n'avait ajouté qu'un peu de jaune et de rouge pour figurer les flammes des batailles navales, ou les incendies des temples détruits. Tous les dessins étaient d'une préci-

sion extraordinaire. J'avais du mal à penser que Marine...

— Alors, qu'est-ce que tu penses de mon papyrus ?

Marine revenait déjà, avec sur un plateau deux grands bols blancs.

— C'est toi qui as fait ça ?

— Bien sûr que c'est moi ! Ce n'est pas si difficile, tu sais ! Au début, j'avais des documents, et puis maintenant, j'invente... Le thé n'est pas très fort. Bois pendant que c'est chaud !

Je ne buvais jamais de thé. Celui de Marine était d'un bel orange pâle, et je le trouvai délicieux. Dehors, la pluie oblique frappait les carreaux. Je me sentais bien dans ce décor nouveau. Assis sur la moquette pelucheuse où les mains s'enfonçaient, nous bavardions comme deux vieux amis ; même se taire n'était pas gênant — Marine avait mis un disque de piano sur son électrophone.

— Mais qu'est-ce que c'est exactement, ton histoire ?

— Je ne le sais pas trop moi-même !

Ses bras encerclant ses genoux, Marine parlait sur les notes du disque de Chopin...

— Au début, c'était l'histoire d'une ville. Une ville imaginaire, Trabinia. Une ville un peu grecque, un peu romaine, un peu n'importe quoi. J'ai toujours eu une passion pour l'Antiquité. Quand je lisais des légendes sur Rome ou la Grèce, j'avais l'impression d'être chez moi. Alors j'ai voulu inventer une ville vraiment à moi, et voilà. Mais quand j'ai terminé le plan de Trabinia, j'ai voulu que ça vive, qu'il se passe quelque chose. Petit à petit, je me suis mise à écrire l'histoire de Trabinia. Il y a eu des invasions, des expéditions, des guerres. Le décor a changé, et aussi les rois, les républiques. En ce moment, Trabinia est un empire.

— Tu continues toujours ?

— Oui. Je crois que je n'arrêterai jamais. Quand je me sens seule, je prends un crayon. Je ne sais pas pourquoi...

Marine sembla hésiter un peu, puis reprit :

— Ou peut-être je le sais, mais je ne te connais pas encore assez. Plus tard...

Intimidé, je détournai la conversation :

— Mais ce n'est pas vraiment un papyrus ?

— Non. J'appelle ça mon papyrus parce que ça a un sens secret pour moi, c'est presque indéchiffrable, comme les papyrus des Égyptiens... Regarde ! Je peux le rouler comme ça et le rentrer là-dedans.

En disant « là-dedans », Marine me désignait un vieux tube de kaléidoscope rose pâle où, roulé, serré, son papyrus tenait tant bien que mal. Mais je voulais le regarder encore, et restai longtemps à suivre feuille à feuille cette épopée guerrière qui me fascinait mystérieusement, moi qui ne m'intéressais pas trop à l'Antiquité.

Pendant que je lisais, Marine se mit à m'interroger sur un sujet qui me préoccupait bien moins encore :

— Au fait, tu dois être au courant ! C'est vrai, cette histoire de registres qu'on va mettre dans les mairies, pour faire croire aux gens qu'ils peuvent donner leur avis sur la centrale de Grenech ?

Tout en continuant à m'intéresser à la mer Cynégéenne et aux galères d'Ypoponax, je lui répétai distraitement ce que j'avais appris le matin.

— Alexis ne parle que de ça, en ce moment ! reprit Marine. Il en est comme fou.

— Mon père, c'est pareil. Il est parti furieux à midi à cause de cette histoire.

Je n'avais plus tellement envie de parler de conseil municipal, depuis que Marine en avait fait une insulte blessante. Gêné, je regardai ma montre.

— Sept heures ! Je file. Je suis déjà en retard pour la soupe !

Marine m'accompagna sur le perron.

— Tu vas à la pêche, demain ?

— Oui, mais au canal ; à peu près trois cents mètres après le pont tournant, en allant vers Marsac, rive droite !

— Je passerai. Salut !

***

Ce soir-là, avant de m'endormir, je fis longtemps défiler dans ma tête des noms étranges et gris : Pandurac-Épinée-Terquilien-Mer Cynégéenne ; puis tout fut pris dans un grand incendie, et disparut dans une mer de flammes.

5

Le secret

Le lendemain, il faisait gris ; la pluie était tombée toute la nuit. Malgré mes bottes et mon K.Way, je me sentais peu réchauffé, près du canal d'un gris plus sombre que le ciel. La pêche ne marchait pas mal — une petite carpe miroir et deux en deux heures — mais Marine ne passait pas. Ni le froid ni la pluie ne l'auraient fait renoncer, je commençais à la connaître. Alors ?

Alors, elle n'avait plus envie de venir, sans doute, et je me sentais un peu triste. J'étais sur le point de plier mes gaules quand je l'aperçus sur le pont tournant, avec son vélo vert pomme. Je cessai de ranger mon matériel. Elle me rejoignit, coucha son vélo sur le chemin de halage.

— Tu t'en vas déjà ?

— Oui, ça mord pas tellement…

— Ben dis donc, qu'est-ce qu'il te faut ! dit-elle en lorgnant ma bourriche. Ces deux-là sont magnifiques.

— Oh, tu sais, les barbots, c'est plein d'arêtes !

Je n'allais quand même pas lui avouer que je m'en allais à cause d'elle !

— Tu sais, Serge…

Marine avait pris un ton sérieux, tout à coup. J'avais remonté ma petite ligne, et nous nous installâmes tous les deux sur la berge, accroupis.

— L'autre jour, reprit Marine, je t'ai dit que j'avais confiance en toi, tu te souviens ?

Je hochai la tête.

— Eh bien, je vais peut-être te dire un secret, un vrai.

— Sur ton papyrus ?

— Non, c'est bien plus important ! Si je peux te le dire et que tu ne le répètes à personne, absolument personne, nous serons vraiment amis. Mais si tu le répètes à quelqu'un, je te détesterai pour toute la vie.

Marine ne m'avait pas habitué à un langage

aussi grave. J'attendais qu'elle continue, mais elle m'interrogea :

— Alors, tu crois que tu es prêt pour entendre un secret comme ça ?

— Je suis prêt.

J'étais devenu grave, moi aussi. Après un bref soupir, Marine se lança enfin :

— Hier, je t'ai demandé quelque chose sur les registres qu'on va mettre dans les mairies, pour la centrale.

— Eh bien ?

— Eh bien, le comité d'action contre la centrale a décidé que les registres seraient volés dans toutes les mairies du canton, et brûlés. C'est Alexis qui l'a proposé hier soir. Ça doit se passer jeudi prochain, dans la nuit du jeudi au vendredi. Il y aura des petits commandos partout, à Grenech, à Marsac, à Saint-Vincent, à Labastide, etc.

Le secret de Marine ne me surprenait pas vraiment. Il m'ennuyait, plutôt. Ne rien dire à mon père, c'était passer de l'autre côté, du côté d'Alexis et de ceux que papa appelait les intellectuels irresponsables. Quant à lui en parler, c'était trahir Marine. J'étais coincé, et ça ne m'amusait pas du tout.

Marine commençait à me donner tous les détails sur l'expédition, mais je l'interrompis, furieux :

— Et pourquoi viens-tu me raconter tout ça ? Tu sais très bien que je m'en fiche, mais comme mon père est conseiller municipal, ça ne peut me faire que des ennuis ! Et puis d'abord, pourquoi cette expédition ? Les registres, ils sont bien faits pour que les gens donnent leur avis, surtout s'ils ne sont pas d'accord !

— Mais mon pauvre vieux, c'est complètement bidon ! Si les gens viennent remplir les registres, on pourra dire qu'on leur a demandé leur avis, très bien, bravo, mais de toute façon, ce n'est pas eux qui décideront. C'est commode !

— Qu'est-ce que tu en sais, d'abord, que les gens seraient contre la centrale ? Mon père dit toujours qu'il y a plein d'emplois qui ont été créés à l'usine de ciment pour l'autoroute, et qu'il y en aura autant pour la centrale.

— Ah oui ? Et quand l'autoroute et la centrale seront finies ? Qu'est-ce qu'ils deviendront, tes emplois ?

— Peut-être qu'ils resteront. En plus, si

les communes acceptent la centrale, elles auront de l'argent pour construire des stades. A Labastide, ça ne sera pas du luxe, d'arranger le terrain de foot ! Nicolas dit toujours que c'est un vrai champ de patates.

Marine haussa les épaules et se leva, exaspérée.

— Alors, il suffit de te promettre un terrain de foot, et tout le reste ne compte plus !

— C'est quoi, tout le reste ?

— Eh bien, tous les risques ! Une centrale, ça fait des déchets radioactifs, mon petit vieux ! Et où ils iront ? Dans la Garonne, parfaitement. En plus, ça risque de faire monter la température de l'eau, alors tes poissons, tu pourras toujours les attendre ! Sans compter les risques pour tous les gens qui vont travailler à la centrale.

— Peut-être, mais pour l'instant, il n'y a pas eu beaucoup d'accidents, ils l'ont dit à la télé. Avant, l'énergie, c'était le charbon, et pour trouver du charbon, il y a combien de mineurs qui sont restés au fond ? T'y penses, quelquefois ?

— Le nucléaire, c'est bien pire ! Alexis

m'a expliqué que les effets, on ne les sent pas encore vraiment, mais plus tard, il y aura des gens anormaux, et ça pendant des générations. C'est pas meilleur pour les hommes que pour la nature ! On n'a pas le droit de faire des choses qui nous dépassent. La Terre n'est pas à nous !

— C'est facile, Marine, de dire du mal de l'avenir, répondis-je assez ébranlé quand même. En attendant, c'est maintenant que les gens ont besoin de trouver du travail. Tout le monde ne peut pas faire de la peinture !

— Écoute, me dit Marine en se rasseyant, laisse-moi terminer mon secret, et après on n'en parle plus. Ça serait idiot de toujours se disputer là-dessus. Je crois qu'on peut être amis, malgré les centrales.

— Je t'écoute ! De toute façon, maintenant, je suis mouillé.

— Eh bien, le commando qui ira voler le registre à la mairie de Labastide aura seulement deux membres : Alexis et moi !

— Toi ? Mais pourquoi ton père te met-il dans le coup ? C'est risqué !

— Non ! Il me dit tout, tu comprends, et

d'abord c'est moi qui lui ai demandé. Il a vite été d'accord, parce qu'il lui fallait quelqu'un de petit et de souple. Il est déjà allé faire un tour vers la mairie. Sur la façade de derrière, vers le canal, il y a une fenêtre qui ferme mal. Il me fera la courte échelle, et moi je passerai par là ! Même pas besoin de casser un carreau ! Maintenant, si quelqu'un l'apprend, je saurai d'où ça vient.

Je savais bien qu'elle n'était pas du genre à raconter des « bobards », suivant le mot souvent employé à Labastide, car on en fait beaucoup, par ici. Trop orgueilleuse pour mentir, elle n'avait pas froid aux yeux, et je pensais moins maintenant à la réaction de mon père qu'à l'exploit de Marine. Peu de garçons du collège en auraient été capables. Pas moi, en tout cas ! Quant à avoir son propre père pour complice, cela me laissait rêveur...

— Je ne dirai rien, tu as ma parole. Mais tu as raison. Ne parlons plus de cette maudite centrale. Si tu veux, je peux te proposer bien mieux qu'une balade à bicyclette, cet après-midi. Ça te dirait, de travailler dans une ferme ?

*
**

Cet après-midi-là fut donc le premier où Marine m'accompagna chez les Sorno. Alberto et Adeline furent peut-être un peu surpris de voir la « petite du Bouscat » chez eux, mais ils accueillirent Marine très gentiment. On nous trouva même du travail, et les après-midi à la ferme remplacèrent pour quelques jours les balades à bicyclette.

Il y avait tant de choses passionnantes à faire, chez les Sorno ! Accompagner Alberto dans ses champs près de la Garonne, en s'asseyant comme lui sur la charrette brinquebalante tirée par Flamme, le vieux cheval de course couleur d'ambre, qui avait perdu sa vitesse, mais demeurait bien vaillant. Aider Adeline à nourrir les poulets, ramasser de l'herbe pour les lapins. Le soir, passer les seaux pendant la traite des vaches, apporter de la paille pour les litières. Adeline montra même à Marine comment on faisait pour traire, sans succès toutefois.

Tout cela, c'était « le travail », si nouveau pour Marine, et qui nous plaisait plus qu'un

jeu. Mais il y avait aussi, en récompense, les promenades à dos de poney — dès le deuxième jour, Alberto nous laissa partir tous les deux sur Sultan et Pompon, les deux poneys. L'audace de Marine plaisait beaucoup à Alberto.

— Une vraie cavalière, si elle veut s'en donner la peine ! avait-il décrété tout de suite, en remontant son béret, et ses yeux clairs riaient. Moi, je n'étais pas trop doué, mais l'habitude compensait.

C'étaient des journées de bonheur. A l'étable, le soir, il faisait bon dans l'odeur du lait chaud. On s'asseyait sur un trépied en discutant tout doucement avec Adeline et Alberto. La nuit tombait trop vite. Alors, Marine reprenait son vélo vert pomme et remontait vers le Bouscat. Nous ne parlions plus de son projet fou. J'y pensais, cependant, peu pressé d'arriver au jeudi suivant. Mais la peur de ce jour-là donnait plus de prix encore aux journées passées chez les Sorno.

Je l'avais souvent remarqué ; quand quelque chose de menaçant venait barrer l'horizon, comme le bulletin trimestriel, ou le résultat de la compo de maths, je profitais bien mieux des jours qui précédaient. Jamais l'étable n'avait senti si bon le lait, jamais la gentillesse d'Alberto et d'Adeline ne m'avait semblé si chaleureuse.

Je rêvais que le temps s'arrête là, dans ces soirées si simples, ces plaisirs si tranquilles que déjà quelque chose menaçait.

6

Un feu clair dans la nuit

Une heure du matin. Les aiguilles du gros réveil à oreillettes continuaient leur manège et je ne dormais toujours pas. Le puissant tic-tac résonnait étrangement dans la chambre où la présence de Nicolas ne venait pas me rassurer. Comment dormir en pensant que Marine était peut-être en train de se glisser dans la mairie, en pensant que demain papa serait au courant de l'affaire, et que mon silence deviendrait mensonge ? Alexis et Marine n'avaient pas de chance : la pleine lune rayait le parquet de la chambre...

Je ne sais trop ce qui me décida, l'angoisse d'une nuit d'attente ou le désir de me mêler un peu à l'expédition défendue, mais je finis par me lever, et commençai à m'habiller en silence. Sur la table de nuit de Nicolas, je pris sa lampe torche. Mes pieds firent bien un peu craquer le couloir, sans éveiller d'écho dans la chambre des parents — difficile quand même de prétendre que je partais pour la pêche à une heure du matin !

La porte de l'entrée n'était fermée qu'au verrou. Je le fis glisser le plus doucement possible, et en route !

Il y avait quand même pas mal de circulation, des poids lourds surtout, qui faisaient vibrer l'air en passant près de moi, ajoutant à ma peur, au froid, à ce mystère qui venait habiter pour la première fois le décor tranquille de Labastide.

Alexis et Marine avaient sans doute eux aussi longé la nationale ; j'allais les croiser, s'ils revenaient de leur « attaque » ; ou bien ils me suivaient, j'allais entendre leurs pas dans mon dos, entre deux poids lourds... Mais j'arrivai au centre du village sans avoir rencontré personne, moins oppressé en longeant les maisons, comme si tous ces sommeils proches me protégeaient de je ne sais quel danger.

Je dépassai l'église, traversai la nationale devant le café Brugnes, et pris la ruelle qui

longe la mairie, prêt à faire demi-tour, quand soudain une lueur chaude se mit à danser devant moi à quelques mètres, dans le petit jardin de la mairie. Je n'eus que le temps de me glisser au fond du fossé, dans l'herbe haute. Un feu brûlait au milieu du jardin, un feu haut et clair dans le bleu de la nuit. Deux silhouettes massives le regardaient pensivement en me tournant le dos : l'une était celle du maire, monsieur Chotard, qui habitait juste à côté. Je ne reconnus l'autre homme que lorsqu'il se mit à parler, d'une voix rocailleuse et sourde que je n'aimais pas :

— J'ai entendu des craquements ! J'ai tout de suite pensé à des voleurs. J'ai pris ma carabine, mais quand j'ai vu des flammes près de la mairie, j'ai compris.

C'était le père Ranouilh. Il n'avait eu que la rue à traverser.

— Je n'étais pas tranquille, avec ces registres dans la mairie, répondait Chotard en écho. Maintenant, il va falloir alerter la préfecture, et qui sait ce qui va se passer ?

— Oh ! On sait d'où ça vient ! tranchait le père Ranouilh. Avant qu'il arrive, on était tranquille, à Labastide.

Le maire ne semblait pas douter de l'identité de ce « il » si peu mystérieux, mais il voulait plus de réserve.

— Doucement, Ranouilh ! J'ai bien un peu les mêmes soupçons que vous, mais il y aura une enquête. Et n'oublions pas que les comités d'action antinucléaire existaient avant qu' « il » arrive. Allons nous coucher, nous aviserons demain !

Ne voulant surtout pas être surpris dans mon poste de guetteur, je m'esquivai au plus vite, et repris la route de la maison. Rien ne bougea quand je poussai la porte de l'entrée, puis celle de ma chambre. Tant bien que mal, je m'endormis. Cette nuit-là encore, mes rêves furent pleins de flammes.

***

Je ne partis pas à la pêche, le lendemain matin. Je voulais tant savoir comment allait tourner « l'événement » ; j'avais si peur pour Marine. La sonnerie du téléphone retentit vers huit heures, avant que papa ne parte à l'usine. Je l'entendis manifester sa surprise, puis son indignation :

— Tout brûlé ? C'est intelligent !... Réunion extraordinaire du conseil ce soir à vingt heures trente ? Bien, j'y serai. Bonne journée quand même, monsieur Chotard !

Depuis mon lit, je les entendis bavarder longtemps dans la cuisine, maman et lui. J'attendis que papa soit parti pour me lever. Maman s'étonna bien un peu de ma présence à la maison ce matin-là, de mon empressement à vouloir faire les courses. Mais j'eus beau traîner vers la mairie en sortant de l'épicerie, plus rien ne rappelait les incidents de la nuit qu'un cercle gris de cendres au milieu du jardin. Par contre, chez les commerçants, ça cancanait ferme, et quand je passai prendre le journal chez Ranouilh, celui-ci vociférait derrière sa caisse pour un petit groupe approbateur où figuraient toutes les pipelettes du village :

— Pas besoin d'enquête ! Ce gars-là ne cache pas ses idées ! Alors, pourquoi prendre des gants ? D'ailleurs, ajoutait-il d'un ton plus feutré, si la police n'en fait pas assez, on saura bien lui faire comprendre !

Cet imbécile n'avait pas fini de dresser le village contre « ceux du Bouscat ». Il était bien plus à craindre que les policiers.

A mon retour des commissions, je me plongeai dans un album de Gaston Lagaffe que Marine m'avait prêté. Sur la table de la cuisine, maman épluchait ses patates. Elle semblait bien penser à quelque chose, mais attendit longtemps pour se décider à m'en parler, comme si cela la gênait.

— Dis donc, Serge, tu ne m'avais pas dit que tu étais copain avec la petite du château ?

Je savais bien qu'elle avait dû apercevoir Marine, pendant mes après-midi à la ferme des Sorno, mais nous n'en avions pas parlé, complices, sachant tous deux que cela ferait des histoires, si papa était au courant. Sans doute, elle s'était renseignée en allant chercher le lait chez Adeline, mais elle avait gardé pour elle cette amitié que je n'avouais pas...

Je levai les yeux de mon album, fixant obstinément au coin de la toile cirée un moulin de Hollande bleu pâle près des petits carreaux rouges.

— Copains... Tu sais... On se connaît vraiment depuis une semaine. Je l'ai rencontrée au bord de la Garonne, un matin, et comme elle n'a pas d'amis ici...

— Tu es allé chez elle ?

— Une fois, avant une balade à bicyclette…

Je ne lui parlai pas de la soirée, du thé, du disque de Chopin. Maman pour sa part ne me demandait pas pourquoi je n'avais pas amené Marine à la maison : cela allait sans dire.

— Serge, ça m'ennuie de me mêler comme ça de tes affaires, mais ça serait mieux, en ce moment, qu'on ne vous voie pas trop ensemble. Ton père serait plus fâché que tu ne penses. Il n'a pas été trop dur pour ton bulletin, tu sais…

Que répondre ? Je savais bien ce qu'on disait déjà à Labastide, chez Ranouilh et ailleurs… Pour « ceux du Bouscat », la vie allait devenir bien difficile…

*
* *

Je n'avais dit ni oui ni non à maman. Au fond de moi, je comptais bien revoir Marine.

C'est elle qui cessa de venir ; au canal, à la Garonne le matin, chez les Sorno l'après-midi, elle ne passa plus. Je n'osais pas aller chez elle, de peur de n'y être plus le bienvenu. Un matin, je poussai bien jusqu'au Bouscat ; caché dans les broussailles près de la grille de l'entrée, je n'aperçus qu'Hélène, déambulant à pas majestueux sur le perron, perdue dans ses pensées.

Je passai donc une semaine solitaire, ce qui, pour la première fois, me pesa. Moi qu'on plaisantait toujours pour mes goûts de sauvage, mes coins de pêche retirés, mes silences, voilà que j'avais besoin de quelqu'un. Pourtant, avec Marine, nous nous taisions souvent, mais je me rappelais ce petit dessin, dans un carnet à proverbes de Claudie : un petit garçon et une petite fille près d'un feu de cheminée ; en dessous du dessin, ces mots : « Le silence à deux, c'est le bonheur. »

Je revins seul chez les Sorno, qui ne posaient jamais de questions. Je faisais moins de poney, j'accompagnais davantage Alberto dans les champs...

Au village, l'enquête sur les événements n'avançait guère. Les policiers semblaient avoir pour mission de ne rien découvrir. C'est du moins ce que prétendit papa, furieux, en rentrant d'une séance du conseil municipal. Par contre le conseil, à l'unanimité moins une voix, avait voté pour la construction de la centrale. Dans le canton, les résultats étaient plus partagés. A Grenech notamment on avait voté contre ; cependant, une majorité de communes était favorable au projet.

Deux jours après les résultats, les habitants de Labastide trouvèrent dans leur boîte aux lettres le premier numéro d'un journal qu'on avait dû distribuer pendant la nuit :

ATOMES CROCHUS

Gazette de la Lutte Antinucléaire

En première page, un dessin représentait une silhouette très proche de celle de monsieur Chotard, avec son béret, mais le visage était déformé par une maladie de peau repoussante. Dans une bulle, le personnage disait :

« Moi j'm'en fous, j'ai un terrain de foot. »

En dessous du dessin, une légende :

« Labastide, capitale atomique de l'avenir. »

A chaque page du journal, des renseignements étaient donnés sur les motivations des différents conseils municipaux favorables à la centrale. Labastide avait même droit à un article intitulé « L'atome et le commerce », où, sous le pseudonyme d' « Andouille enrichie », on pouvait facilement reconnaître Ranouilh et ses théories.

Certains dessins ressemblaient beaucoup dans leur tracé à ceux du papyrus de Marine ; voilà sans doute pourquoi elle s'enfermait au Bouscat. Mais il y avait aussi des renseignements plus sérieux : des comptes rendus d'accidents survenus dans des centrales étrangères, des réflexions de savants célèbres hostiles au nucléaire.

A la maison, maman provoqua une colère noire de papa en suggérant que tout n'était peut-être pas faux dans ce qu'ils disaient.

Ce fut le dernier événement de ces vacances. Le soir même, Nicolas et Claudie étaient de retour, elle, couleur pain d'épice, et lui, plein de projets pour sa future carrière « pro » :

— Si je suis encore dans les cadets du Sud-Ouest cette année, ils me prendront peut-être comme stagiaire au Toulouse F.C. ! Le président du Club m'a vu jouer, au stage !

On parla d'autre chose que de centrale, et ce ne fut pas plus mal pour la tranquillité familiale. On se coucha un peu trop tard, et de plus, l'idée de reprendre le car de ramassage le lendemain risquait de me donner des insomnies. Déjà le troisième trimestre allait commencer, déjà le spectre du redoublement se profilait à l'horizon...

7

Confidences...

— Alors, papa Lépidis y fait joujou avec le feu ? Faut pas faire joujou avec les allumettes !

C'était cette gourde de Céline Devoles qui prenait l'accent bébé pour balancer ses fines allusions dans le dos de Marine, à l'arrêt du car. Il faisait beau ce soir-là, le deuxième après la rentrée. On n'avait pas eu maths, de quatre à cinq. Par petits groupes, on avait pu flâner dans les ruelles de Marsac, le long du canal, autour du cloître, pendant que d'autres allaient secouer les flippers au « Modern' bar-Jeux électriques ».

Tout naturellement, je m'étais retrouvé seul avec Marine. J'avais tant de questions à lui poser ! Oui, c'était bien elle qui avait volé le registre à la mairie. Non, pas eu peur, pas de problèmes. Les dessins dans le journal, c'était bien elle aussi. Oui, son père lui avait conseillé de ne pas trop traîner dans le village, après.

Je lui avais dit ma crainte qu'on l'ennuie dès la rentrée, au collège, et mon soulagement de ces deux premières journées sans remarques ni menaces. Nous avions marché longtemps en silence le long des péniches amarrées au bord du canal.

Nous ne perdions rien pour attendre. Céline Devoles et Martine Ranouilh avaient dû prévoir tout leur petit cinéma. A cinq heures et demie, quand nous revînmes vers la petite place Sainte-Croix, en face de l'église, là où le car nous attend, elles étaient déjà postées, avec des fous rires en nous regardant qui ne présageaient rien de bon. Elles avaient sorti leurs tenues de printemps, des jupes courtes froufroutantes et soyeuses rose bonbon, bleu turquoise, à la mode *new* quelque chose.

— Dis pas de mal des Parisiens, Céline ! lançait Martine Ranouilh. Tu sais qu'elle a un grand frère, maintenant !

Nous faisions mine de ne rien entendre, mais cela devenait de plus en plus difficile.

— Oui, dis donc, reprenait Céline, il paraît qu'ils ne se quittaient pas, pendant les vacances. Elle est même allée à la ferme pour rester avec lui !

— A la ferme !? La fille du grand peintre Alexis machin ? Il faut qu'elle l'aime, son Delmas !

Dans le car, ça continua jusqu'à Labastide. Nous regardions obstinément par la vitre, Marine et moi. Au loin, sur le plan d'eau de Saint-Vincent, on apercevait déjà les voiles blanches des voiliers, celles plus bigarrées des planches à voile. Dans le ronron du moteur, les provocations devenaient plus discrètes. Mais quand Fabrice Selsis faillit tomber sur Marine en attrapant son goûter dans son sac, tout le monde entendit Martine Ranouilh s'exclamer :

— Voyons, Fabrice, ne dérange pas les amoureux !

Le grand Selsis partit d'un rire gras qui m'énerva. Depuis le temps qu'il tournait autour de la fille Ranouilh, celui-là ! Elle-même était assez flattée de voir un garçon de 4e lui faire la cour, mais elle ne le montrait pas trop. Ce soir-là, Fabrice Selsis sentait qu'il pouvait plaire. A l'arrêt du car, il resta avec Céline et Martine au lieu de prendre la route de Britounel, vers le garage de ses parents.

— Bonne soirée, Delmas ! me lança Martine d'un air entendu. Si papa savait ça !

C'en était trop. Aux yeux mêmes de

Marine, je ne pouvais me laisser ainsi mettre en boîte indéfiniment.

— Fiche-moi la paix, et va écouter ton Top 50 ! lui criai-je, la voix tremblante de colère.

— Oh, oh ! On devient nerveux, on dirait. T'as vu ça, Céline ?

— Ouais, qu'est-ce qu'il a contre le Top 50 ? C'est toujours mieux que ses soirées à l'étable, répondit l'autre. Chez les macaronis !

Voilà qu'elle insultait les Sorno, maintenant ! Hors de moi, j'allais envoyer à Céline la paire de claques qu'elle méritait, quand le bras de Fabrice saisit le mien, et l'arrêta en l'air.

— Hé là ! Doucement ! On s'attaque aux filles, maintenant ? me lança ce grand dadais, avec un ton viril emprunté aux séries policières américaines.

— Pourquoi pas, quand elles sont aussi cloches ! Mais je peux m'attaquer à toi, si tu préfères.

— D'accord, microbe, mais fais gaffe à tes os !

Il parlait comme un téléviseur.

Ranouilh et Devoles se poussaient du coude, ravies du spectacle en préparation, et peu inquiètes de son issue. Marine paraissait moins enthousiaste, mais je vis comme une lueur de reconnaissance dans ses yeux quand je croisai son regard.

Pour se battre, on se dirigea vers un coin plus tranquille, un petit pré en contrebas de la route du château d'eau, tout près du village. Les filles nous suivirent en silence. J'avais une drôle de boule dans la gorge. Sans être chétif, je ne pouvais guère envisager de vaincre cette grande carcasse de Selsis. Je ne m'étais jamais battu depuis l'école communale, et je ne savais pas trop si notre combat ressemblerait à une de ces séances de lutte corps à corps, auxquelles nous nous entraînions en gym, ou à un match de boxe. J'aurais préféré la première solution, plus familière et moins dangereuse, mais Selsis ne me laissa pas le choix.

J'avais à peine lancé un « on y va ? » décidé, pour me donner du cœur au ventre, que son poing droit m'atteignit violemment juste au-dessus de l'œil. Sonné, j'entendis Céline Devoles murmurer :

— Doucement quand même, Fabrice !

Mais cette grande brute se remit en garde avec un haussement d'épaules qui semblait dire : c'est lui qui l'a voulu.

C'est moi qui le voulais, en effet, et je me ruai sur lui de toutes mes forces, frappant à tour de bras, mais le plus souvent dans le vide, au mieux dans les bras de Selsis. Il semblait attendre la fin de cet orage inefficace. Je commençais à m'épuiser quand il décida de m'envoyer à nouveau un coup décisif. Cette fois, son poing m'atteignit à la pointe du menton, et je tombai carrément à la renverse. Marine, affolée, se précipita vers moi. Selsis lui-même, au lieu de fêter son triomphe, s'approcha, ennuyé.

— Flûte, ça va faire des histoires, si je l'ai trop amoché !

Je n'avais pas perdu connaissance. Je voyais bouger, j'entendais parler ceux qui m'entouraient, avec une satisfaction tranquille, comme si encaisser les deux directs de Selsis n'avait été finalement qu'une formalité, désagréable mais apaisante ; je me sentais léger. Quand je me relevai en rassurant Marine, la paupière gauche commença à me brûler sérieusement. Le coup au menton n'avait pas laissé de trace.

— Mon vieux, tu vas t'en tirer avec un bon coquard ! me lança Selsis.

Toujours inquiet des suites de la bagarre, il ajouta :

— Tu vas pas l'raconter à ton père ? Ça ferait des histoires ! J'suis déjà privé de mobylette jusqu'à la fin du mois !

Je le rassurai, et nous nous quittâmes presque bons copains. Les filles n'avaient rien ajouté, mais visiblement le prestige de Fabrice avait grandi dans leur petite tête.

Nous n'étions pas pressés de rentrer, Marine et moi. Je décidai de la raccompagner jusqu'au Bouscat, mais nous ne marchions pas vite, dans la côte du château d'eau. Cela nous pesait de rentrer chez nous. Cela nous pèserait bien plus encore d'aller au collège, désormais. L'avenir ne semblait rien nous réserver de bon, que ces silences à deux, et l'amitié par en dessous.

Pourtant, la route était jolie, bordée de coucous si frais dans les coins d'ombre, avec le chant de la Barguelone qui coulait dans les prés en contrebas. Le soleil tiède s'effaçait comme à regret en haut de la colline. Avant le grand virage en épingle à cheveux, tout en haut de la côte, Marine se mit à parler enfin, d'une voix sourde, monocorde :

— Tu sais, j'en ai vraiment marre, en ce moment. Je me sentais seule, avant, à Paris, mais ici, c'est pas mieux.

— T'en fais pas pour ces gourdes et pour leurs parents. Le père Ranouilh a toujours été idiot, comment veux-tu que sa fille soit autrement !

Pour m'écouter, Marine se tournait vers moi. Mais pour parler, son regard prenait la fuite.

— Il n'y a pas que ça, Serge ! Bien sûr, l'histoire de la centrale, c'est désolant. Voir tous ces gens qui se fichent complètement de leur pays ! Mais ils n'ont pas attendu la centrale. Regarde ça !

Elle me montrait au loin dans la vallée les champs de fraisiers du père Lomnès, étincelant au soleil sous leurs bâches de plastique.

— Tu sais à quoi ça sert, cette espèce de tour de ferraille, à côté des fraisiers ?

— Oui, je sais, c'est une soufflerie pour chauffer les serres. Un procédé nouveau que Lomnès va essayer.

— Et c'est tout c'que ça t'fait ?

— Ça me fait plus que tu crois, Marine. La vieille maison qu'on aperçoit juste à côté, dans le champ de Lomnès, c'était la ferme de mes grands-parents, avant. Maintenant, c'est là que les ramasseuses mettent les fraises dans les clayettes, parce qu'il y fait frais. Plus que sous ses plastiques, tu parles ! Mais quand il en aura plus besoin, il la fera sauter.

Marine cueillit un coucou qu'elle mit entre ses dents.

— Oui, bientôt tout sera comme ça !

— Pas tout, Marine ! Regarde, moi j'ai toujours mes coins, dans les coteaux, à la Garonne. Il faut avoir envie de les trouver, c'est tout ! Et si les autres s'en fichent, c'est encore mieux. Au moins, ils te laissent tranquille !

Mon œil me cuisait de plus en plus. Je descendis dans le pré pour tremper mon mouchoir dans le ruisseau, puis je me l'appliquai sur le visage ; cela me fit du bien. Quand je remontai sur la route, Marine tapait distraitement dans les gravillons, avec une badine.

— Tu sais, Serge, il n'y a pas que Labastide qui m'ennuie.

Son ton devenait plus hésitant, plus proche de la confidence aussi.

— Tu as vu Hélène, l'autre jour ? Elle a été assez gentille, avec toi. Mais elle n'est pas comme ça tous les jours.

Nous reprîmes la route plus lentement encore. Marine parlait seule désormais. Près d'elle, silencieux, je me sentais un peu grand frère.

— D'abord, elle ne parle presque pas.

Pendant des heures et des heures, tu ne l'entends pas. Elle marche dans le parc, ou bien elle regarde les flammes dans la cheminée, avec un drôle de sourire. Quelquefois, je me demande ce qu'elle a. Au début, je pensais qu'elle était jalouse de moi, à cause d'Alexis. Je sais qu'elle ne peut pas avoir d'enfants. Ils ont vu plein de docteurs, à Paris, mais il n'y a rien à faire, c'est Alexis qui me l'a dit. Je croyais qu'elle était jalouse, mais même pas. Avec Alexis, elle ne parle pas plus. Elle lit, elle se tait. Ça me fait drôle, quand je suis dans la même pièce, je ne sais jamais comment lui parler, même pour des choses toutes simples. Si tu lui dis : « Qu'est-ce qu'on mange, ce soir ? », elle te regarde en souriant sans rien dire, et puis elle replonge dans son livre. Une heure plus tard, elle se lève quand même pour préparer le dîner, comme si c'était un grand mystère. Tu sais, il y a de quoi avoir peur, au Bouscat… c'est si grand… Alexis, on ne le voit pas beaucoup. Il peint tout le temps dans son atelier. Heureusement qu'il y a toutes ces histoires avec la centrale, sinon je ne lui dirais pas grand-chose. Il y a un drôle de silence qui s'est mis comme ça entre nous. De temps en temps, Alexis et Hélène décident de faire une fête, alors il faut s'amuser comme des dingues, même si t'en as pas envie. On danse, ils boivent un peu trop. Après, remarque, ça j'aime bien, Alexis tire un feu d'artifice sur le perron. Mais les autres jours... Il y a des fois où je donnerais cher pour être dans une famille comme les autres.

De phrase en phrase, lentement, Marine me prenait au piège un peu triste de ses silences et de ses mots. Avant elle, je n'avais pas vraiment d'ami ; pourtant, je ne me sentais jamais seul. Maintenant, je me sentais seul avec elle, et ce n'était pas le bonheur, comme dans le livre de Claudie. Bien sûr, j'étais fier de ses confidences, mais je ne pouvais rien pour elle. Ou bien...

— Tu sais, Marine, j'aimerais bien une chose...

J'hésitais à continuer, et son regard m'interrogea.

— La prochaine fois qu'il y aura quelque chose la nuit, contre la centrale, est-ce que je pourrai venir avec toi ? C'est pas tellement pour la centrale, je m'en fiche un peu, mais si on doit avoir tous les autres sur le dos, autant que ce soit pour quelque chose !

Le sourire de Marine me fit du bien, et elle hocha simplement la tête pour me dire « d'accord ».

C'est ainsi que je la quittai, ce soir-là, avec plein de retard et des questions qui m'attendaient à la maison, mon œil qui me brûlait et un problème de maths pas possible pour le lendemain.

8

Ranouilh trouve des partisans

Au collège, on avait des interros presque tous les jours. Les profs n'arrêtaient pas de répéter :

— Le troisième trimestre est très court, c'est au mois de mai que tout se joue !

Lannou ne parlait plus de débats. Sylvie Beyssières se trémoussait d'aise en levant la main pendant les leçons sur les conjonctives. En grammaire au moins, elle pouvait faire la pige à Marine. En maths, Bacchus s'essoufflait à rattraper le programme. J'apprenais les leçons par cœur, mais pour les exercices... La géométrie surtout me laissait désemparé, avec ces lignes imaginaires tracées au tableau par miracle, qui rendaient les corrigés si évidents — jusqu'au problème suivant où je me retrouvais devant une figure à nouveau désespérément muette. Soit un triangle rectangle...

Marine ne risquait pas de m'aider. Elle se moquait maintenant de tout, ou presque. Madame Lannou se désolait.

— Mademoiselle Lépidis, vous ne participez plus jamais !

Pour une fois qu'elle avait une élève sans accent du Midi ! Catherine Belmont, ravie de

l'aubaine, avait donc repris sa supériorité en anglais, la bouche en cul-de-poule, la main toujours brandie.

En maths, en anglais, en français, Marine avait toujours une feuille de dessin cachée dans son classeur. Dès que les profs ne la regardaient plus, elle reprenait l'histoire de Trabinia. Même pendant les interros, elle abandonnait sa copie au bout de cinq minutes

pour replonger dans ses invasions de barbares, ses batailles navales ou bien, en temps de paix, les minutieux dessins de la vie quotidienne, de l'assemblée des tribuns au marché grouillant d'esclaves. La première fois, Lannou avait été surpris.

— Vous avez déjà fini, mademoiselle Lépidis ?

Marine avait eu un haussement d'épaules qui semblait dire : je ne sais rien et je m'en fiche. Depuis, Lannou la laissait tranquille, et se contentait de lui mettre la meilleure note en rédaction, seule discipline où elle essayait de briller encore. Bacchus l'avait bien prévenue :

— Si vous continuez, c'est le redoublement assuré !

Mais ça ne semblait lui faire ni chaud ni froid.

Aux récréations, Martine Ranouilh ne nous cherchait plus d'ennuis. Elle filait le parfait amour avec Fabrice Selsis, qui avait le droit de garder les écouteurs du walkman sur les oreilles, et se dandinait près d'elle en répétant « c'est super », avec une moue décidée.

Les soirées devenaient plus longues, avec

l'heure d'été. Un 10 en maths, grâce à la question de cours, m'avait donné le droit de passer une heure à la pêche, chaque soir, avant de rentrer à la maison. Mon vélo et mes gaules m'attendaient dans la cour du boulanger Puyselsi — maman avait fini par m'accorder la permission de faire à bicyclette le trajet du matin, sur la nationale. Marine descendait du Bouscat à vélo, elle aussi, et m'accompagnait tous les soirs.

D'un commun accord, nous avions préféré les rives vastes et lumineuses de la Garonne aux bords sombres du canal, à sa tranquillité pesante. Et puis la Garonne était un peu plus loin, un peu plus au bout du monde. Au-delà des abricotiers, on n'entendait plus rien que le bruit de l'eau dispersée en gouttes de lumière sur les vergers. De loin en loin, le ronflement d'un tracteur semblait amplifier l'espace.

Je ne ramassais plus de popoyes. Souvent même, nous ne pêchions pas. Pour me donner un alibi, j'installais une ligne de fond solidement coincée contre la berge par une fourche de noisetier, mais nous la quittions vite. Les mains dans les poches, nous marchions longtemps au bord du fleuve, nous arrêtant pour faire des ricochets quand un galet bien plat et rond se montrait sur le sol.

Souvent, le vieux Serres passait avec ses vaches, et s'arrêtait pour nous parler du temps, de la pêche, ou de ses souvenirs d'école. Parfois, il s'asseyait quelques instants sur la plage de galets ; accroupis près de lui, nous aimions bien l'écouter parler. Ses mots semblaient venir de loin, d'une époque où on ne parlait pas de nucléaire ou de culture sous plastique. Il avait toujours à la bouche une fleur des champs, différente chaque jour. Il nous parlait aussi de Jim, son vieux berger des Pyrénées aux poils blancs et doux, qui s'installait très digne à quelques mètres de nous.

— Et les sous-préfectures, on vous les apprend toujours, au collège ? (Et sûr de la réponse il continuait :) Moi, j'ai quitté l'école à onze ans. On passait le Certificat à onze ans, à cette époque-là. Eh bien ! je les connais toujours, les sous-préfectures. L'Eure, chef-lieu Évreux, sous-préfectures Bernay, Les Andelys... Et les comptoirs de l'Inde ! Pondichéry, Chandernagor...

— Nous, bientôt, on nous fera apprendre la liste des centrales nucléaires ! lançait Marine, désireuse sans doute de voir ce qu'en pensait le vieux vacher. Mais il ne semblait pas avoir d'avis bien déterminé sur la question.

— Tout ce que je sais, c'est que depuis qu'il y a le barrage, la Garonne c'est plus ce que c'était. Un jour ils ferment les vannes, il y a un filet d'eau de rien du tout, il faut que les vaches s'enfoncent dans la vase pour aller boire au milieu du lit. Un autre jour, ils les ouvrent à fond, il y a même plus de place sur les berges. Sans compter qu'un fleuve qu'on voit même pas couler, c'est pas vraiment un fleuve !

Marine ne désarmait pas, et le lançait sur la culture des fraises sous plastique : le vieux Serres se montrait plus bavard :

— Ah ! ne m'en parlez pas ! La vitesse, la vitesse, elle les fera crever, la vitesse ! Pour avoir leurs fraises au début de mai, qu'est-ce qu'ils ne feraient pas ! Et quand ils les auront en janvier, ça leur donnera quoi ? Des sous ? Ah oui, des sous, mais avec toutes les dettes qu'il fait, le fils Lomnès, il en aura besoin. Il passera toute sa vie à rembourser, et il pourra même pas en profiter !

Marine l'écoutait, les yeux brillants, ravie de rencontrer ce complice inattendu, et son regard me disait : tu vois ?

— Mais moi je vous le dis, reprenait le vieil homme, les enfants de ces gens-là, les enfants de votre âge, ils en auront bientôt assez de tout ça ; ils reviendront à autre chose, parce que ça sera plus possible. Les champs, c'est pas des usines !

— Y a déjà des gens qui reviennent dans les fermes pour les exploiter comme autrefois, intervenait Marine.

— Oh ! Si tu veux parler de ces bergers et de ces bergères à la mode de Paris qui nous arrivent, alors là, moi je dis que c'est pas mieux. Il y en a un comme ça qui s'est installé à Lalande, il y a trois ans. Elle, elle file la laine, tu parles ! Elle doit mettre un mois pour faire un dessus-de-lit, c'est pas ça qui va les faire vivre. Et lui, pardi, il a voulu faire du mouton. Ils veulent tous faire du mouton ! Seulement, quand sa première brebis a mis bas, il est allé chercher le vétérinaire. Alors s'il faut appeler le vétérinaire chaque fois qu'il y a un agneau, ça va coûter cher, le mouton !

Le sourire me venait, à écouter le vieux vacher, et Marine me lançait des regards de reproche.

— Berger, c'est bien joli, continuait le vieux, mais ça veut pas seulement dire rêver en fumant la pipe et en regardant la brume monter dans la vallée, pendant que les chiens font tout le boulot ! L'autre jour, il y a justement des chiens errants qui ont égorgé des moutons, dans la région. Ceux qui étaient trop blessés, il a fallu les achever. Alors, les bergers ont dû les pendre. Ce n'est pas drôle, mais il n'y avait rien d'autre à faire. Le berger de Paris, comme on l'appelle, lui, il a pas pu, c'est Sorno qui me l'a dit. Trop sensible ! Il a fallu que ses voisins lui achèvent ses moutons ! On peut pas vivre comme ça, à la campagne !

Marine, renfrognée, ne se laissait qu'à moitié convaincre.

— D'accord, monsieur Serres, mais s'il fallait choisir entre le plastique du père Lomnès et le berger qui n'ose pas tuer ses moutons, je préfère quand même le second. Au moins, il ne gâche pas le paysage.

Le vieux Serres hochait la tête d'un air dubitatif.

— Eh bien, moi, ma petite, je n'aime ni l'un ni l'autre. Ni celui qui est paysan simplement pour gagner de l'argent, ni celui qui devient paysan simplement pour fuir la ville.

Je me taisais le plus souvent, dans ces discussions que la sagesse du vacher savait garder tranquilles. Accroupi, les genoux entre les épaules, je profitais de la fraîcheur de l'eau tout près, déjà désirable. La chaleur était venue avec le mois de mai. De l'autre côté de la Garonne, il y avait le vert tendre de l'herbe et le vert un peu blond des peupliers. Le temps passait très vite. Comme pour la Garonne, il aurait fallu pouvoir fermer les vannes, et le laisser s'endormir là. C'est moi pourtant qui devais donner le signal du départ, car Marine ne se souciait guère de l'heure.

Chez moi, par contre, papa était rentré de l'usine. Il n'avait toléré qu'avec défiance cette permission de pêche quotidienne, et m'avait même menacé de la suspendre — si je n'avais plus ma moyenne en maths.

— Surtout qu'avec ce que tu prends en ce moment, on ne fait pas beaucoup de friture !

Et je n'avais trop su quoi répondre.

*
**

En dépit des réclamations de Ranouilh et de quelques excités de sa sorte, l'enquête sur l'incendie du registre avait tourné court. On n'avait pas inquiété « ceux du Bouscat ».

— Tout ça parce que c'est des gens « bien », des artistes ! disait Ranouilh à qui voulait l'entendre. Moi, si on m'avait suspecté, je serais déjà en cabane. C'est ça, la justice !

L'ennui, c'est que s'il lassait beaucoup de gens avec ses vociférations perpétuelles, Ranouilh avait fini par rallier à ses idées un certain nombre de Labastidiens : Selsis le garagiste, Laspeyres le boucher, et même le conseiller municipal Miradou, racontaient un peu partout qu'après tout, ça ne serait pas plus mal, si on écoutait un peu les avis de monsieur Ranouilh, commerçant avisé, et honnête citoyen.

Ils avaient même évoqué le projet d'un

journal favorable au « progrès », en réponse aux attaques d'*Atomes Crochus*, dont le numéro venait de sortir, et le maire Chotard avait bien du mal à les convaincre que ce n'était pas le moment d'envenimer la situation.

C'est dans cette ambiance passionnée, si nouvelle à Labastide, que Marine me souffla un soir, avant de me quitter :

— Mardi prochain, si tu veux, à minuit, au pont tournant !

9

L'embuscade

Il y avait du foot, ce mardi-là, à la télé : France-Tchécoslovaquie en direct du Parc des Princes. Je suivais l'action d'un œil distrait. Déjà, Nicolas et papa s'étaient lancés dans une discussion passionnée sur le marquage individuel, s'interrompant pour lancer des cris désolés quand les Français manquaient une passe ou un tir. Le match devait se terminer à dix heures et quart. Le temps que ces deux-là discutent encore un peu, ça ferait juste pour que tout le monde dorme profondément vers minuit moins le quart. Pas question d'espérer que Nicolas ne m'entende pas : nos lits sont juste à angle droit, et les ressorts de mon sommier grincent dès que je me retourne. Le mieux, c'était encore de dire la vérité — mais cela ne m'enchantait guère.

— Tu viens nous aider pour la vaisselle, Serge ? me lança Claudie. Le match n'a pas l'air de te passionner !

Pour une fois, j'acceptai sans ronchonner : autant s'occuper à quelque chose que de se ronger les sangs devant ce fichu match ! Et puis je devais avoir envie de me faire pardonner ma fugue, à l'avance...

Quand Nicolas remonta enfin dans sa chambre, vers onze heures, je crus que tout allait rater. Il ne comprenait rien à mes histoires, me questionnait dix fois trop fort, au risque d'éveiller des échos redoutables dans la chambre des parents. J'obtins tant bien que mal la promesse de son silence, mais mon exploit ne l'enthousiasmait pas.

— Tu vas quand même pas fricoter avec ces débiles d'écolos ?...

Peu m'importait, après tout. Il se tairait, c'était ça l'essentiel. Mon départ fut plus difficile, cette fois. Quand je sortis sur le palier, maman demanda :

— C'est toi, Nicolas ?

Et d'une voix blanche, avec une frousse terrible qu'elle sorte et me découvre, habillé, la lampe à la main, je balbutiai :

— Non, c'est Serge ! Je vais aux toilettes.

Je tirai la chasse d'eau avec une violence inutile, puis revins me dissimuler derrière la porte de la chambre. Je laissai passer des minutes qui me parurent bien longues. Quand des respirations régulières s'élevèrent enfin de l'autre côté de la cloison, je m'échappai. Il n'y avait plus de temps à perdre : minuit moins cinq...

Je dévalai le pré des Sorno, dans l'herbe trempée de rosée. Au passage à niveau, le feu rouge clignotait. Il me fallut attendre le Bordeaux-Toulouse qui gifla la nuit d'un trait de lumière et d'acier, qui me fit frissonner.

Quelques mètres plus loin, au pont tournant, un groupe indistinct était rassemblé. On entendait parler confusément, à voix basse, comme à l'église. Marine m'attendait, en éclaireur. Elle avait dû prévenir son père et les autres, car mon arrivée n'éveilla pas de commentaires.

Une silhouette massive parlait au centre d'un cercle attentif, composé d'au moins une vingtaine de personnes.

— Vous avez bien compris ? Vous vous

divisez en groupes de trois. Dans chaque groupe, il y en aura un qui peindra la lettre ; il faudra qu'il s'attache très solidement avec la corde. Les deux autres tiendront la corde, en haut de la berge, et sans mollir ! S'ils lâchent, c'est la noyade presque assurée pour celui qui peint. Marine et son copain feront le guet. Maintenant, pas de temps à perdre. En route !

Près de Marine, je suivis donc le groupe silencieux sur le chemin de halage. Je connaissais par cœur chaque mètre de ce parcours, et même au plus noir de la nuit, j'y retrouvais des repères. Soudain, le chef de la troupe, qui devait être Alexis, s'arrêta pour souffler à voix basse :

— Mais où est-il, bon Dieu, ce canal de dérivation ?

Avec Marine, je m'approchai et lançai fièrement :

— Moi, j'peux vous y emmener ! Y a un p'tit chemin pas loin qui débouche juste sur le pont du canal de dérivation.

Promu au rôle d'éclaireur, je m'engageai donc dans mon raccourci. J'avais un peu l'impression de vivre un chapitre de roman

d'aventures, où c'est toujours la nuit qu'on s'enfonce dans le mystère. L'image de l'aveugle de *L'Ile au Trésor* hurlant seul dans la nuit : « N'abandonnez pas le vieux Pew, camarades ! », me revenait et me faisait frémir d'une angoisse délicieuse. Pour la première fois, Marine avait mis sa main dans la mienne, et malgré le froid et la peur, j'aurais voulu que cette marche dure indéfiniment...

Je commençais à comprendre pourquoi on avait parlé de peinture et de lettres. Entre le canal et la Garonne, le canal de dérivation est une immense voie d'eau artificielle, créé pour régulariser le débit de la Garonne, lors de la construction du barrage. Les rives ne sont que deux parois de béton obliques, et l'eau arrive à environ deux mètres du bord. Depuis la nationale, qui surplombe la vallée, on voit très bien cette bordure de béton, sur la rive la plus proche de la Garonne. Y peindre une inscription géante, c'était la garantie que des milliers de touristes pourraient la déchiffrer, en jetant un coup d'œil sur le panorama.

Il fallut donc traverser le pont. Une fois de l'autre côté, le « chef » déclara :

— On ne va pas trop s'éloigner du pont. On ne sait jamais. S'il y a un problème... Par contre, prenez des intervalles suffisants entre vous. Il faut que les lettres se voient ! Je vous rappelle le texte : « Le nucléaire c'est la mort, non à Grenech ! » C'est long, bien sûr, et chaque groupe devra peindre plusieurs lettres. Alors, ne perdons pas de temps ! Marine ! Avec ton copain, vous restez sur le pont, et s'il y a quelque chose de suspect, vous faites le cri de la chouette.

Les membres du commando s'éloignèrent avec leur matériel sous le bras : cordes, pinceaux, boîtes de peinture. Il fallait un certain courage pour se laisser ainsi glisser dans la nuit sur cette surface en pente lisse, au-dessus de l'eau noire, retenu seulement par des bras humains. Bien que pris par le jeu, je trouvais qu'il n'en valait pas vraiment la chandelle. Je me souvenais de l'histoire du fils Mouyro, qui était tombé dans le canal de dérivation, l'hiver précédent, en chassant des grives sur le bord. Il avait voulu s'accrocher à la paroi, mais rien à faire, même les ongles y glissaient. Alors, sans s'affoler, il avait crié fort en se laissant dériver dans l'eau. Si l'éclusier du canal ne l'avait pas entendu, jamais il ne s'en serait sorti.

Marine, près de moi, ne m'avait pas lâché la main. Un remue-ménage furtif s'installait tout près de nous : nous devinions les gestes à travers le frottement des cordes, le bruit métallique des pots de peinture heurtant la rive de béton, quelques exclamations de dépit vite étouffées. Malgré les consignes de discrétion, tout cela faisait une agitation perceptible d'assez loin, sans doute, d'autant que les « peintres en lettres » avaient recours à des torches électriques attachées à leur bras pour s'éclairer. Il me semblait que l'opération durait interminablement. Je n'avais pris que mon gros pull de laine norvégien pour me couvrir, et le froid me gagnait avec la peur.

— Tu as l'heure, Marine ?

— Oui, t'inquiète pas. Il est seulement une heure et demie. Le jour se lève à six heures, et encore…

— D'accord, mais mon père prend l'usine à cinq heures, cette semaine. Alors, si à quatre heures je suis pas rentré… Va voir où ils en sont !

Il me sembla que Marine mettait un temps infini à revenir. Mêlé à la rumeur de la petite troupe, on entendait le glissement de l'eau qui filait sous le pont.

— Ils ont presque fini d'écrire « Le nucléaire c'est la mort ! » me dit Marine, de retour.

A ce moment précis, d'autres pas résonnèrent sur les dalles juxtaposées du pont. Un instant saisi de stupeur, je repris mes esprits pour entraîner Marine en arrière, dans les fourrés qui descendaient vers la plantation de peupliers du vieux Serres, et je lançai tant bien que mal un « ouh ! ouh ! » enroué qui déclencha le branle-bas dans les rangs des écologistes. Le raclement des boîtes de peinture se mêla au ahanement de ceux qui tiraient leurs camarades sur le bord.

— Allez-y, les gars, les laissez pas s'enfuir ! cria une voix furieuse, celle de Ranouilh.

Quelques « écolos » avaient bien eu le temps de s'esquiver vers la Garonne, car nous les entendîmes rouler jusqu'au bas de la pente. Après les peupliers, il serait bien difficile de les retrouver dans la nuit... Mais d'autres subissaient l'assaut des nouveaux arrivants, car il y eut des exclamations étouffées, le bruit plus sourd des coups... Au milieu de ce tumulte, la voix de Ranouilh s'éleva soudain :

— Je le tiens, le peintre à la manque ! On va lui faire sa fête !

Marine, affolée, bondit vers la rive en hurlant :

— Papa !

Mais elle n'eut pas le temps d'intervenir ; après quelques coups mats ponctués d'exclamations de douleur, on entendit soudain le glissement d'un corps contre la paroi de béton, accompagné d'un cri plus strident que les autres, et tout de suite le bruit plus sourd d'un corps tombant dans l'eau. Un bref silence suivit, comme si l'effet de surprise avait succédé à la hargne des combattants.

— Il va se noyer ! lança quelqu'un.

Marine se mit à crier, d'une voix déchirée, entrecoupée de sanglots :

— Alexis ! Où es-tu ? Réponds ! Revenez tous ! Une corde !...

Des torches commencèrent à balayer la surface du canal. Mais je n'attendis pas qu'on ait fini de repérer Alexis. Je savais, sur le pont, cette boîte en bois gris, accrochée à la rambarde ; à travers une petite vitre, on y voyait une bouée, et ces mots : « En cas de danger, briser la glace. » L'EDF l'avait installée là depuis l'accident du fils Mouyro. Elle devait se trouver au milieu du pont. Dans la nuit noire, j'eus un mal fou à la retrouver ; en laissant glisser ma main contre les barreaux le long de la rambarde, je finis par la sentir sous mes doigts. Pas de caillou sous la main ; je brisai la glace d'un coup de coude. Un picotement dans le bras m'avertit que je m'étais coupé, mais j'avais la bouée. A toutes jambes, je revins vers la rive. Les lampes électriques avaient fini par retrouver Alexis, qui s'efforçait de nager à contre-courant dans le cercle de lumière. Visiblement, les forces commençaient à lui manquer, car il avait dû être sonné par les coups reçus avant sa chute.

— Laissez-vous emporter jusque sous le pont ! hurlai-je pour couvrir les vociférations de tous les hommes regroupés sur la berge.

Visiblement, les assaillants, inquiets des conséquences de leur attaque, avaient rejoint la troupe d'Alexis, dans une commune inquiétude.

— Laissez-vous dériver, et quand vous passerez sous le pont, je vous lancerai une bouée ! Les autres, venez y attacher une corde !

Malgré la précipitation et l'affolement de tous, repêcher Alexis ne fut plus qu'un jeu d'enfant. Quand on le hissa hors de l'eau, grelottant, épuisé, la bande de Ranouilh, rassurée, s'esquiva en courant, craignant sans doute des représailles. Mais les écologistes avaient d'autres préoccupations en tête : il fallut emporter Alexis à demi inconscient et tout à fait hors d'état de marcher. Marine lui avait pris la main sans rien dire, sans pleurer — ce n'était pas son genre. Quant à moi, il était grand temps que je rentre à la maison avant le réveil de papa. Mais je ne me faisais pas trop d'illusions : à Labastide, tout se saurait bien vite ; cette folle nuit n'avait pas fini d'alimenter les conversations !

10

La fugue

Contrairement à mon attente, cette nuit d'effervescence, au lieu d'envenimer les rancœurs et de diviser le village, sembla jeter un voile sur les problèmes de la centrale. Ranouilh et ses amis restaient sans doute sur leur crainte d'être allés trop loin. D'accord pour incendier en paroles les écologistes, ils n'avaient rien pour autant des assassins qu'ils avaient failli devenir, dans l'obscurité des berges du canal de dérivation.

Quant aux partisans d'Alexis, un chef leur manqua désormais. La congestion pulmonaire dont fut victime le père de Marine, à la suite de son bain forcé, ne fut pour rien dans son désintérêt soudain pour la lutte antinucléaire, qu'il avait lui-même déclenchée. Marine me donna d'ailleurs rapidement des nouvelles rassurantes de sa santé. Mais quand je lui demandai, à la fin d'un contrôle de maths, pourquoi elle semblait si triste malgré ces bonnes nouvelles, son silence me répondit, et presque aussitôt une larme dans ses yeux. Gêné, et comprenant que des événements graves devaient avoir lieu au Bouscat, je détournai la conversation en lui parlant du contrôle de Bacchus. Pas de chance : Marine avait rendu feuille blanche, après avoir consacré toute l'heure à dessiner une bataille navale dans le port de Trabinia.

Pour ma part, j'avais désespérément « séché » — comme d'habitude — sur la question de géométrie, mais répondu vaille que vaille aux deux questions de cours, et fait la moitié de l'arithmétique. J'espérais une note proche de la moyenne, qui ne compromettrait pas trop mon passage en quatrième. La perspective du redoublement ne m'effrayait plus guère, toutefois ; avec son mépris affiché pour le travail scolaire, Marine ne pouvait guère espérer changer de classe, malgré quelques résultats brillants. Alors, redoubler avec elle, ou bien passer sans elle... Je ne savais pas trop où j'en étais.

Marine ne me confia rien de son chagrin, ce jour-là. Cette larme surprise dans ses yeux était déjà comme une confidence, mais à cinq heures, Alexis l'attendait devant la porte du collège, et je les vis s'éloigner, silencieux et graves, comme deux amis tristes qui gardent leur secret.

*
**

Le lendemain, Marine n'était pas à l'arrêt du car. Que se passait-il au Bouscat ? Il y avait quelque chose avec Hélène, mais quoi ? Elle était si étrange, et Alexis lui-même… S'ils étaient tous repartis pour Paris ? C'est avec ce sombre pressentiment que je grimpai dans le car. A ce moment-là, Martine Ranouilh me lança :

— Alors, le Delmas, il est tout triste sans sa Marine !

Ce n'était pas le moment de me chatouiller, et la réplique fusa toute seule de ma bouche :

— Quand on a un père qui jette les gens à l'eau, on ferait mieux de se taire !

Je ne devais pas avoir l'air aimable, car

Ranouilh ne répondit rien. Elle jeta un regard chargé d'espoir à Fabrice Selsis, mais leur union battait de l'aile, depuis quelque temps, et le grand Selsis semblait peu soucieux de se mêler d'une nouvelle affaire.

Le trajet se déroula sans autre incident. Une morne journée de cours commença. En dernière heure de la matinée, le père Lannou s'évertuait à nous vanter l'intérêt et la profonde modernité de *La Chanson de Roland* ; par la vitre, mes rêves et mes soucis s'envolaient bien loin de Ganelon et de l'olifant. Le cor sonnait pour la troisième fois, quand un élève de quatrième pénétra dans la classe avec l'assurance des messagers officiels, et lança à Lannou, furieux de cette interruption importune :

— Excusez-moi, m'sieur, mais j'ai un message pour Delmas Serge. Il est convoqué au bureau du directeur !

Le lundi d'avant, j'étais sorti en ville, à onze heures, au lieu d'aller en permanence, et la pionne m'avait marqué absent. Ce petit délit presque oublié semblait refaire surface avec une solennité inattendue. Je suivis donc le messager avec une angoisse grandissante le long des couloirs. La porte du bureau du directeur était entrouverte. Je reconnus tout de suite la voix d'Alexis, et mon inquiétude s'accrut encore en changeant de sujet. Recroquevillé sur un fauteuil, pas rasé, Alexis me jeta un regard éperdu qui me fit craindre le pire, mais il cessa aussitôt sa conversation avec le directeur et, se levant vers moi :

— Ah ! c'est bien vous, Serge Delmas ? Il faut absolument que vous m'aidiez, vous êtes ma seule chance !

Sa voix se fêla sur ces derniers mots, et il eut un geste de nervosité et d'impuissance qui semblait dire à M. Delcourt, le directeur : « Continuez, vous, puisque vous le pouvez ! »

— Oui, Delmas, c'est pour une mission de confiance que nous vous avons appelé ici !

La voix posée du directeur semblait presque une offense au chagrin évident d'Alexis.

— Marine Lépidis est votre amie, je crois ? reprit M. Delcourt. Elle a disparu du château du Bouscat cette nuit. M. Lépidis l'a cherchée tout au long de la matinée, et a alerté la police, mais on n'a encore rien découvert. Il pense que vous pourriez l'aider.

— Oui, l'interrompit Alexis d'un ton un peu affermi. Vous alliez vous promener ensemble, autour de Labastide. Vous devez connaître ses endroits préférés. Il faut m'aider !

Alexis semblait avoir trouvé l'énergie du désespoir. Je dus courir pour le suivre jusqu'à sa voiture. C'est à une vitesse folle que nous parcourûmes les dix kilomètres sinueux qui vont de Marsac à Labastide. De temps à autre, il prononçait d'un air hagard des bribes de phrase sans suite :

— Elle, je n'ai plus qu'elle... Ma faute, c'est ma faute, c'est bien fait !... L'autre ne compte pas... Marine, Marine, Marine...

Au Bouscat, une voiture de gendarmerie était rangée devant le perron. Un officier en sortit, repliant l'antenne d'un talkie-walkie ; il eut un haussement d'épaules désolé à l'adresse d'Alexis.

— Toujours rien ! Les hommes cherchent partout, mais si elle a pris sa bicyclette, c'est pas possible de retrouver des traces. On a commencé à interroger les gens, mais ça n'a encore rien donné.

Hélène n'apparaissait pas. Peu à peu je

commençai à comprendre le sens des paroles d'Alexis dans la voiture : un autre drame avait dû avoir lieu le même jour au Bouscat. Mais de toute évidence, la disparition d'Hélène n'avait rien à voir avec celle de Marine, et ce n'était pas elle qu'on cherchait.

Malgré son désarroi, Alexis dut deviner mes pensées, car il me confia, presque brutalement :

— Oui, Hélène nous a quittés ce matin.

Je ne pus m'empêcher de trouver ce « nous » un peu étrange, mais Alexis continuait :

— J'ai trouvé un mot sur la table de la cuisine. Elle ne voulait plus vivre au Bouscat, plus vivre avec nous. Elle a pris le train de sept heures, à Labastide. C'est seulement après que je me suis rendu compte de la disparition de Marine. C'est complètement fou, mais j'ai d'abord pensé que les deux étaient liées. A la réflexion, ce n'est pas possible, mais tout semble tellement absurde, dans cette histoire. Si on ne retrouve pas Marine...

D'un revers de main, Alexis essuya nerveusement ses yeux.

— Allons, ce n'est pas le moment de faiblir ! Serge, il faut m'emmener dans tous vos coins secrets. Si on a une chance de la retrouver…

Je pensai d'abord à la Garonne, bien sûr. Alexis et les gendarmes avaient négligé cette piste à cause du vélo disparu, qui semblait indiquer une destination plus lointaine. Mais nous avions, avant le barrage, entre les saules

et les herbes hautes, bien des refuges près de l'eau, des coins de pêche isolés, protégés. Il y avait aussi la petite cabane où le vieux Serres ne s'abritait plus, depuis qu'une mauvaise grippe le retenait à la ferme.

Hélas ! nous eûmes beau arpenter les berges silencieuses, aucun signe ne vint nous redonner l'espoir. Il faisait chaud dans cette lumineuse journée de printemps. La Garonne brillait d'un éclat dur, presque oppressant, couleur de notre angoisse. Il était plus de midi, peut-être beaucoup plus, mais nous ne pensions pas à l'heure, ni à la fatigue.

Je proposai à Alexis d'abandonner la piste de la Garonne. A bicyclette, Marine avait pu aussi se diriger vers les collines... Nous remontâmes donc dans l'Alfa rouge d'Alexis, qui prenait curieusement un caractère sinistre sous le soleil de plomb. Mais de Piac à Lalande, de Valence-d'Agen à Saint-Paul, les petites routes blanches ne miroitaient que de chaleur, d'âcre poussière et d'amertume. Les petits vieux interrogés sur les places de village, le facteur de Saint-Vincent n'avaient vu personne...

La mort dans l'âme, Alexis reprit la route

du Bouscat, où les gendarmes n'avaient rien de plus à nous apprendre.

Je n'étais plus d'aucune utilité désormais. Et puis j'avais envie de me retrouver un peu seul, presque de garder pour moi cette lourde tristesse. Je m'en voulais aussi, de n'avoir rien deviné, de n'avoir pas senti le désir de Marine... Je repris à pied la route poussiéreuse de Saint-Jean, lentement. Je ne sais ce qui me poussa même à faire une longue halte près de la tombe de grand-mère dans le petit cimetière embaumant le cyprès, sous le soleil encore haut.

A la maison, je dus subir l'interrogatoire de maman, mais elle devina bientôt ma tristesse et me laissa tranquille. Machinalement, et pour me changer les idées, j'allai donner à manger à nos lapins, mais Marine ne sortait pas si facilement de ma tête. Je refaisais sans cesse mentalement notre circuit dans les collines quand une idée me traversa. Sans rien dire à personne, je fonçai chercher mon vélo dans le garage. La porte du clapier était restée ouverte...

11

La dernière chance

Ce n'était rien qu'un espoir un peu fou, une chance comme toutes celles que la journée avait tour à tour condamnées. Surtout, ne pas passer au Bouscat, ne pas donner à Alexis un espoir inutile. Et puis ne pas perdre de temps… Jamais je n'avais grimpé aussi vite la côte de Saint-Paul, jamais je n'avais mis une telle hargne à lutter contre le vent dans le long faux plat qui mène à Britounel. Et la descente de Saint-Jean de Cornac ! Les gravillons frais roulaient sous mes roues, mais j'allais trop vite pour déraper… Tout cela pour rien, sans doute, mais il fallait en avoir le cœur net.

Arrivé à Piac, au lieu de revenir vers Labastide, comme nous l'avions fait avec Alexis l'après-midi, je continuai sur la petite route qui mène à Marsac par le chemin des écoliers — presque personne ne l'emprunte, car c'est la voie ancienne, que la départementale Lauzerte-Marsac a détrônée. Je n'étais passé là qu'une seule fois avec Marine, mais je ne pouvais m'empêcher de me rappeler tout à coup combien elle avait aimé cette route presque abandonnée, mangée d'herbe en son milieu, et bordée de bois touffus, que je connaissais bien pour y avoir cherché des oronges, avec mon père. Au creux d'un tout petit vallon coupé du monde, sans fermes à l'horizon, sans bêtes dans les prés, Marine avait voulu mettre pied à terre. Je lui avais montré comment pénétrer dans un taillis en apparence inextricable, et découvrir à l'intérieur un bois plus clair, où les fourrés de ronces donnaient place, çà et là, à de minuscules clairières qu'on appelle ici « chambres d'amour ».

Retrouver le petit bois ne fut qu'un jeu d'enfant. J'abandonnai ma bicyclette sur le bas-côté de la route, et, le cœur battant, découvris tout de suite un passage, à demi refermé, comme si on avait voulu rabattre les branches, après être passé.

— Marine ! Marine !

Le seul silence impressionnant du bois répondit à mon premier appel.

— Marine ! c'est Serge ! Je suis seul !

Cette fois, il me sembla que quelque chose bougeait, tout près de moi. Avant même d'avoir entendu le son de sa voix, je sentis dans mon dos la présence de quelqu'un, qui me fit sursauter. C'était bien Marine. Très ému, j'aurais voulu la prendre dans mes bras, mais n'osai faire aucun geste, intimidé par son regard farouche, et par le poids de toute son aventure.

Sans un mot, elle m'emmena à sa cachette : une clairière minuscule, où elle avait mis sur le sol un vieux plaid à carreaux, quelques vivres sans doute vite dérobés au Bouscat. Près d'une boîte d'allumettes, un petit tas de branches mortes témoignait d'une tentative pour faire un feu. Les premiers mots en furent plus faciles :

— Tu sais, le sous-bois est encore très humide. Tu ne pourras jamais faire du feu avec ça !

Mais sans s'attarder sur ce détail technique, Marine se mit à parler lentement. Nous

nous étions assis en tailleur, un peu à distance, et sans nous regarder.

— Ainsi, tu as fini par retrouver ma trace ! J'aurais dû m'en douter. (Après un silence, elle ajouta :) Si tu es venu de toi-même, tu vas pouvoir m'aider. Tu es le seul qui puisses le faire !

Je croyais entendre Alexis. Je devenais décidément un bien important personnage pour la famille Lépidis !

— Il faut que tu m'apportes des provisions. Si je sors du bois, je suis fichue. Je suis sûre qu'ils ont mis toute la police en branle ! Tu vas aussi m'aider à construire une cabane. Cette nuit, il ne pleuvra sans doute pas encore, mais après...

— Mais tu ne peux pas rester ici très longtemps ! Et puis...

— Je sais ce que tu vas dire ! me coupa-t-elle sèchement ! Mais dis-toi bien que je ne reviendrai jamais là-bas !

Elle se tourna soudain vers moi, me demanda de bien regarder son visage ; elle souligna de sa main une longue balafre d'un rouge sombre, juste en dessous de l'œil gauche.

— Tu vois cette trace ? Eh bien regarde mieux. Ce n'est pas une coupure tout à fait comme une autre !

En m'approchant, je vis en effet que cette trace, uniforme de loin, était constituée de petits points distincts et resserrés.

— Oui, mon vieux, c'est la marque d'une fourchette ! J'aurais dû perdre l'œil, si le coup avait été mieux ajusté.

Je commençais à comprendre bien des choses, et notamment le départ précipité d'Hélène, le matin même.

— Oui ! reprenait Marine. Une des crises de jalousie de ma chère « mère adoptive » ! (Elle prononça ces derniers mots avec une ironie mordante.) Mais ce n'est pas la première fois, rassure-toi ! Ça la prend comme ça, de temps en temps, surtout quand Alexis n'est pas là ! Mais jusqu'à présent, elle se contentait des gifles et des coups d'ongle.

— Et Alexis ?

— Alexis n'en sait rien. Je ne lui ai pas dit, pas plus cette fois que les autres. C'était hier soir. Il était parti faire une course à Labastide. La veille, ils s'étaient disputés violemment, devant moi, pour la première fois. C'est pour ça qu'Alexis est venu me chercher au collège. Il avait peur que je sois traumatisée. Tu parles ! S'il savait !

Marine avait gardé longtemps toutes ces choses sur le cœur ; parler semblait la soulager...

— Mais après tout, il faudra bien qu'il sache un jour ! Ce n'est pas de venir me chercher au collège qui arrangera toujours les choses. Il faudra qu'il choisisse, qu'il apprenne un peu à vivre comme tout le monde !

Je sentais le moment venu de l'interrompre.

— Marine ! Et si je venais t'annoncer qu'Alexis a déjà choisi ?

— Qu'est-ce que tu veux dire ? Je me doutais bien que c'était lui qui t'envoyait !

— Non, Marine, ce n'est pas lui qui m'envoie. Laisse-moi parler. C'est vrai que je t'ai cherchée avec lui toute la journée, mais ce soir, il ne sait pas que je suis revenu. Quand je l'ai laissé, il était complètement effondré. Il est rentré seul au Bouscat...

— Seul ?

— Oui. Il n'y aura plus d'Hélène désormais. Elle a laissé un mot à Alexis, lui disant qu'elle partait pour toujours. Elle a pris le train à Labastide, ce matin. Sans le savoir, vous avez pris la même décision, toutes les deux. Alexis ne se doutait sûrement pas de ce qui est arrivé hier soir. Il a besoin de toi...

Marine plongea la tête dans ses mains, se frottant le visage comme si elle avait du mal à émerger d'un long cauchemar. Après un long silence, elle dit tout doucement :

— C'est incroyable ; c'était hier, et j'ai encore cette marque sur la joue. Pourtant, cela me semble déjà loin... Je ne sais même pas si j'en veux vraiment à Hélène. Elle doit être si malheureuse...

Il faisait déjà sombre. Chez moi, on devait s'inquiéter... Il ne nous restait plus qu'à prendre le chemin du retour. Que l'air était doux, ce soir-là ! Comme nous roulions lentement !

*
**

Au Bouscat, une lampe était allumée, une seule, celle de l'atelier d'Alexis. Un long regard, et pas de mots ; c'est ainsi que je quittai Marine. La scène qui suivait ne me concernait plus...

Épilogue

Je ne devais plus jamais revoir Marine. Dès le lendemain, elle avait quitté le Bouscat. Sans doute le château était-il devenu trop grand pour deux, trop lourd aussi de souvenirs pénibles.

A Labastide, on ne regretta guère Marine et Alexis. Avec eux disparaissaient tous ces troubles au sujet de la centrale, toutes ces colères inutiles. Labastide eut son terrain de foot. Quant au Bouscat, le vieux notaire Herniot le racheta, et l'on s'extasia sur son sens des affaires.

Au collège, Lannou s'exclama : « Ah ! si elle avait voulu !... », mais devant la moue de Catherine Belmont, il concéda bien vite : « Il est vrai qu'elle ne mettait pas une bonne ambiance dans la classe. » Tout rentra dans l'ordre.

Quinze jours après le départ de Marine, je reçus un paquet de Paris. Dedans, il y avait seulement un vieux cylindre rose, et tout le papyrus de Trabinia...

Je regarde ces temples, ces batailles navales ; je murmure de temps en temps à haute voix des noms étranges : bataille d'Ypoponax, muraille de Tarquilien. Parfois je m'endors en rêvant de mer Cynégéenne, d'incendie... Presque un an a passé. J'aime toujours ma solitude. Elle a juste changé de goût, peut-être un peu plus triste. Je ne reviens plus au Bouscat. Le départ de Marine ne m'a pas rendu mon domaine d'enfance abandonné...

Marine est restée quelque part, dans les reflets de la Garonne, l'odeur de la menthe sauvage, chez les Sorno dans la chaleur des soirées à l'étable... Quand je passe près du barrage ou des serres de Lomnès, je me surprends souvent à penser comme elle...

Une autre vie l'a prise, où je n'ai pas ma place. Je l'imagine aux côtés d'Alexis, éternels voyageurs toujours à la recherche d'autre chose. Moi je suis de ce pays. Un jour, j'y serai heureux, peut-être.

A la fin de l'année, je suis passé en quatrième.

Table des matières

Dans la même collection

Mimi et le dragon *(Jean-Luc Moreau)*
Pour l'amour d'un cheval *(Alim Hekmat)*
Cochon vole ! *(Emily Rodda)*
La route des matelots *(Jean-Marie Robillard)*
Le fils du chef canaque *(Jacqueline Seyral)*
Raoul à la conquête de l'Angleterre *(Béatrice Rouault)*
Thierry le chevalier sans nom *(Jean-Paul Raymond)*
15e étage, porte droite : Léo *(Nadine Brun-Cosme)*
Les enfants sous la lande *(Hélène Montardre)*
L'amulette du grand chef Yañoama *(Chantal Touzet)*
Le jardin des enfants perdus *(Yvon Mauffret)*
L'incroyable Barry *(Debra Oswald)*
L'héritage de Georges Bouton *(Gérard Moncomble)*
L'été dans la tourmente *(Suzanne Sens)*
Les yeux d'Oo *(Gérard Moncomble)*
Miranda s'en va *(Valérie Dayre)*
Agathe ou le jardin du peintre *(Amélie Rangé)*
L'année-Zanzibar *(Jacqueline Seyral)*
La dernière bataille de Pépé Caporal *(Chantal Touzet)*

ACHEVÉ D'IMPRIMER
SUR LES PRESSES DE L'IMPRIMERIE
PUBLI-OFFSET
MERCUÈS 46090 CAHORS

DÉPÔT LÉGAL : AOÛT 1989
N° 89070003